スウィートルームに愛の蜜

水上ルイ

幻冬舎ルチル文庫

CONTENTS ✦目次✦

スウィートルームに愛の蜜

✦カバーデザイン＝齋藤陽子（CoCo.Design）
✦ブックデザイン＝まるか工房

イラスト・ヤマダサクラコ✦

スウィートルームに愛の蜜

久世《くぜ》柾貴《まさたか》

「明日は九時から取締役を集めたブレックファスト・ミーティング、十時から興和物産との打ち合わせ、十二時からはA&Gカンパニーとのランチ・ミーティング、十五時から……」

リムジンは丸の内のオフィス街を抜けて左折し、皇居の濠《ほり》を巡る広々とした道路に出る。スケジュールを読み上げる秘書の言葉を聞きながら、私は顔を上げ、窓の外を見る。

ライトアップされた威風堂々とした建物に、私はいつでも目を奪われる。

砂色の石を積んで造られた左右対称の重厚な建築。柱の上部には複雑なアールデコの装飾が施されている。建てられたのは昭和初期。ドイツの建築家、マルコ・スフォルツォの最高傑作とも言われる建物。

これが、そのサービスと歴史で世界に名を知られた、帝都ホテルだ。

まるで舞台のように明るい照明に照らされた正面玄関。数段のステップの上、金色の真鍮《しんちゅう》の縁取りを持つ大きな両開きのドア。その両側に、制服に身を包んだドアマンが姿勢よく立っている。

一人は紺色の制服に身を包んだがっしりとした背の高い男、もう一人は白い制服に身を包んだすらりとした青年だ。白い制帽の下からのぞく艶《つや》のある漆黒の髪、象牙《ぞうげ》色の肌、端整な目鼻立ち。この距離から見ても、彼がとても整った容姿をしているのが解《わか》る。

前方の信号が赤に変わったようで、私が乗ったリムジンがゆっくりと停車する。

ホテルの車寄せには、黒塗りのハイヤーが滑り込んでくる。

しなやかな身体《からだ》を白い制服に包んだ青年が身軽にステップを下り、ハイヤーの扉を開く。降りてきたのは常連客のようで、彼はその麗しい顔ににっこりと笑みを浮かべる。白い手袋に包まれた手で降りてきた老婦人の手を取り、ダンスのリードを思わせる滑らかな動きでステップを上る。

照明に照らされ、ドアの正面に立った老婦人は、まるで舞台の上の主演女優のようだ。白い制服の青年はもう一人のドアマンと呼吸を合わせて、両開きの扉を開く。そして女王様を迎えるような優雅な礼をする。

『帝都ホテルへようこそ』

あのホテルの老ドアマンが言っていた言葉が、耳に甦《よみがえ》る。

……あの青年は、どんな美しい声でその言葉を言い、ゲストを夢中にさせるのだろうか？

このホテルの前を通り、彼の姿を目にするたび、私の胸が、焼けつきそうに熱くなる。

そう。私は、まだ話したこともないその白い制服のドアマンに、恋をしているのだ。

相模《さがみ》彰弘《あきひろ》

「帝都ホテルへようこそ」

私は言いながら、白い手袋で真鍮のドアを恭《うやうや》しく開く。

日曜日の夕方。パーティーやディナーのためのゲストが増える時間帯だ。

華やかに笑いさざめいていた女性客たちが、その一瞬だけ言葉を切る。

「このホテルに食事をしに来ると、なんだかお姫様になったみたいな気分になるのよ」

女性ゲストの一人が言い、ほかの女性たちが大きくうなずく。

「そうそう。私も！」

「それって、ハンサムなドアマンさんたちがドアを開けてくれるおかげかしら？」

彼女たちは口々に言って、私たちに微笑《ほほえ》みかけてくる。

「ありがとうございます。喜んでいただけて光栄です」

言って笑い返すと、彼女たちは微《かす》かに頬《ほお》を染め、また賑《にぎ》やかに笑いさざめきながらドアをくぐってホテルのロビーに入っていく。

私は向かい側にいるドアマンと呼吸を合わせてドアを閉める。

私の名前は相模彰弘。二十五歳。世界的に名前の知られた老舗《しにせ》ホテル、帝都ホテルのドアマンをしている。

ドアマンというのはゲストを送迎するだけでなく、車の誘導やハイヤーの呼び出し、警備など仕事の範囲は広い。常連客の多い帝都ホテルでは、ゲストの顔や名前だけでなく車のナンバーまでも把握していなくてはいけないというなかなか大変な仕事だ。しかしゲストに尽くすのはホテルマンとして最上の喜びだし、私はとてもやりがいを感じている。

ホテルは筒井《つつい》支配人の下、メンバーも団結していて雰囲気もいい。いつかは前任のドアマンのような帝都ホテルの立派な顔になれるようにと私は日々修業中だ。

私ともう一人のドアマンは真鍮の縁取りのあるドアの両側に姿勢よく立つ。正面入り口の横にはバリアフリーのスロープと自動ドアもあるのだが、ほとんどのゲストが階段を上り、ドアマンが開けるこのドアから入る。その時にもしも王侯貴族のような気分を味わってもらえるとしたら、それはドアマンとしてとても光栄なことだ。

「すごいな」

車寄せに入ってきたそのリムジンを見て、私は思わず呟《つぶや》く。もともと車は好きな方だったし、このホテルのドアマンになってからたくさんの高級車を見てきた。しかし海外ならともかく、日本ではリムジンでホテルに乗りつけるような客はなかなかいない。

……いったい何者なんだろう？

私は思いながらステップを下り、車寄せの前に立つ。車が停まったのを確認してから、私は車の後部ドアに近づく。そして白い手袋をはめた手で、外側からドアを開ける。

「いらっしゃいませ」

言って視線を下げた私の目に最初に飛び込んできたのは、美しく磨き抜かれた、いかにも上等そうな革靴だった。

一呼吸置いてからゆっくりと顔を上げると、次に目に入るのは、仕立てのいいチャコールグレイのスラックス。それに包まれているのは、驚くほど長い脚。

逞《たくま》しく張った肩を包むのはチャコールグレイの上着。皺《しわ》一つなく整えられたごく薄いブルーのワイシャツに、爽やかなブルーを基調にしたストライプのネクタイ。初夏に相応《ふさわ》しい若々しいイメージの組み合わせだが、仕立てと趣味、それに身につけている人間のスタイルがとてもいいせいで、なんともいえない優雅な雰囲気を醸し出している。

私は彼が車から降り、ほかに降りてくる人間がいないことを確認してドアを閉める。

そして完全に顔を上げ……なぜか車から降りたまま立ち止まっていた、その男の顔をまともに見てしまう。

そこにいたのは、男の私でも見とれてしまうような、とんでもなく美しい男だった。

きちんと整えられた漆黒の髪。

意志の強そうな眉《まゆ》。

陽《ひ》に灼《や》けて引き締まった頬。

欧米の血が入っているのかと思うほどに高く、真《ま》っ直《す》ぐに通った鼻筋。

形のいい、男っぽい唇。

刻んだように深い奥二重、長めの睫毛《まつげ》、そして……。

……あ……。

まるで黒曜石のような煌《きら》めく瞳に真っ直ぐに見つめられて、鼓動が速くなる。

……なんて美しい男なんだろう……？

私は射すくめられたように動けなくなりながら、彼を見返すことしかできない。

美しい彼の後ろには迫力のある金色のオーラが見えるようで、ＶＩＰを見慣れた私の目にも、彼が只者《ただもの》ではないことは明白だった。

……まるで映画スターのようなハンサムだけど、きっともっと地位のある人間だろう。

私は、思わず見とれてしまいながら思う。

……いったい、何者なんだ？

呆然《ぼうぜん》とする私の横を、このホテルのベルキャプテンを務めている田中《たなか》さんがそっと通り抜ける。そして立ちすくんでしまっている私の代わりに、その男に向かって言う。

「久世様、ようこそいらっしゃいました」

言って、彼に向かって深々とお辞儀をする。

……しまった、何を見とれているんだ、私は……？

彼に倣って慌ててお辞儀をしながら、この男は久世というのか、と思う。きちんと顔を覚えておかなくては、と思いながら顔を上げると、黒曜石のような瞳はまだ私を真っ直ぐに見つめていた。

……なぜ、私なんかをこんなに見つめるんだ？

私は、思わず彼を睨《にら》み返してしまう。

……いったい何が気に入らないんだ？

「白の制服。彼が、新しいチーフドアマンですか」

彼が低い美声で言う。田中さんはにこやかに、

「ええ、彼は一年前にこのホテルに配属になりました。半年前に前のドアマンだった伊地知《いちじ》が引退し、その時にチーフドアマンの職位を継ぎました。今は彼が、このホテルの顔になってくれています」

「……よろしくお願いいたします」

この紹介の仕方だと名前を名乗るべきだろう。しかし私はわざと自己紹介をせずに挨拶《あいさつ》だけを言う。彼は、私の胸に着けた金色のネームプレートを見下ろしながら、

「名字は『ＳＡＧＡＭＩ』か。ファーストネームは？」

「……っ」

向こうから聞かれたら答えないわけにはいかない。私は一瞬言葉に詰まってから、

「彰弘《あきひろ》です。相模《さがみ》彰弘と申します。よろしくお願いいたします」

「自己紹介をありがとう、彰弘」

……ファーストネームで呼びやがったな？

久世と呼ばれた男は、その唇に笑みを浮かべたままで手を伸ばし、いきなりその指先で私の顎《あご》を持ち上げる。

「美人だな。たしかにチーフドアマンに相応しい華がある」

私は昔から、男らしさに欠ける自分のルックスにコンプレックスがある。しかもこんな逞しいハンサムに言われると、なんだかとてもムカつく。

「たいへん失礼ですが、この手を離していただけませんか？　ドアが開けられません」

わざと無感情な口調で言ってやると、彼は小さく笑って私の顎から手を離す。

「気が強そうだな。ますます好みだ」

微笑んだ彼の顔は、本当に彫刻のようにハンサムだった。私は思わずまた見とれてしまいそうになり……慌てて我に返る。

……どんなスーパースターがこのホテルを訪れ、それを迎えた時にも、私はいつでも平静だった。今日に限って、どうしてしまったんだ、私は？

私は自分を叱りつけ、ステップを上ってドアに向かう。もう一人のドアマンと呼吸を合わせて、両開きのドアを開く。

「帝都ホテルへようこそ」

彼は私が開けたドアを通り、ホテルの中に入っていく。通り過ぎざま、可笑《おか》しそうな小さな笑いが聞こえた気がした。

私は苛立《いらだ》ちを覚えながら、後ろにいる田中さんを振り返る。

「何者なんですか？」

「彼を知らないなんて。そうか、君が来たのは一年前だもんなあ」

老ベルキャプテンは驚いた顔で言う。

「有名人ですか？　たしかにモデルか俳優のようなハンサムですが……」

私は言いかけ、久世という名字にふと思い当たって身体を硬くする。

「久世というと、まさか……」

「相模君は相変わらず気が強いな。あのホテル王の久世一族の総帥にあんなことの言えるドアマンは、君くらいだろう」

田中さんはくすくすと笑って、

「久世柾貴《まさたか》氏だ。前はこのホテルにもよく来てくれていたんだ。一年前、総帥になってからは忙しくなったせいかすっかり足が遠のいていたけれどね」

……彼が……。

ガラス越しに見ると、あの男が、フロントの前でこのホテルの支配人兼ホテルオーナーの筒井さんと言葉を交わしているのが見えた。筒井支配人はなぜか妙に深刻な顔で彼を迎え、どこかに案内しようとしている。久世という男はこのホテルに宿泊するわけではなく、筒井支配人と約束があったような雰囲気だ。

私はドアのガラス越しに彼の逞しい背中を見つめ……それから彼がふいに振り返ったことにギクリとする。彼は筒井支配人と言葉を交わしながらも、私を真っ直ぐに見つめてくる。

「また私に見とれていたのか？」とでも聞かれた気がして、私の頬が熱くなる。

……そんなわけがないだろう！

もしも私がドアマンでなければ、ロビーに駆け込んでそう叫びたいところだった。

「しかし、ものすごい色男ですね」

もう一人のドアマン、豊田《とよだ》が、筒井支配人と歩き出した彼の姿を見ながらため息をつく。

「なんだかコンプレックスを刺激されるなあ」

それから私を振り返り、雨に濡《ぬ》れた犬のように情けない顔をする。

「憧《あこが》れの相模さんの顔に、あんなふうに平然と触るなんて。でも、似合いすぎて何も言えませんでした」

「言わなくて正解だ。彼は大切なゲストだぞ？」

「わかっています。でも、本当は我らが相模さんに手を触れるなんて許せないんですけど。ほかのメンバーも同じだと思います」

「上司思いの部下を持って幸せだよ」

笑いかけてやると豊田は柄にもなく赤くなる。

このホテルのドアマンは今は全部で五人。歴史のある両開きのドアなので、深夜、到着客の少ない時間帯以外はたいがい二人ずつの勤務になる。五人のうち一人が休日、あとの四人で休憩を取りつつ昼夜二交代制の勤務、というローテーションだ。

ドアマンはドアを開けるだけでなく、ホテルのセキュリティーの役目も果たす。この仰《ぎょう》仰《ぎょう》しい制服は、そのためにデザインされたものだと言われている。ゲストのリクエストに極力応えなくてはいけないサービス業であるホテルの中で、唯一「NO」と言えるのが、ドアマンだ。だから迫力のあるルックスだけでなく本当に強いことも必要条件とされていて、私以外のメンバーは格闘技の有段者。身長が百九十センチ近くあり、逞しい体形だ。みんなけっこうなハンサムだし、ドアマンの制服に身を包んだところはかなり見栄えがすると思う。

半年前、チーフドアマンに抜擢《ばってき》された私は、彼らとはまったく違うタイプのルックスをしている。身長は百八十センチ近いので小さい方ではないし、剣道をやっていたので運動神経と体力にはいちおう自信がある。だが、筋肉があまり発達しない体質と着やせする体形のせいか、見た目は彼らよりもはるかに細い。

チーフドアマンの私は、その証《あかし》である白の制服を着て白い制帽を被っている。肩には金色の肩章がつき、ダブルの袷《あわせ》になった胸の部分には帝都ホテルの紋章である獅子《しし》のマークの彫り込まれた金色のボタンが二列に並ぶ。上着の形は燕尾服《えんびふく》に似ていて、前見ごろはウエストまで、後ろは膝丈《ひざたけ》までの燕尾になっている。スラックスは上着と同じ白。そして常に純白の手袋をはめる。ほかのドアマンたちの制服も同じデザインで、しかし色は濃いブルーだ。VIPを迎える時にはドアマンが全員正面玄関の前に揃《そろ》うが、彼らに私が囲まれているところは、なぜかVIPたちにとても受けがいい。麗しい東洋の剣士たちのようだ、と言われたこともある。喜んでいいのか複雑なところだが、逞しさに欠ける私でも受け入れてもらったことは光栄に思わなくてはいけないだろう。

「久世様は、総帥になったせいか、ここ一年でますます迫力が増していい男になったなあ。一年前までは、彼はよくこのホテルに宿泊してくれていたんだよ」

田中さんが、彼の姿を思い出すように言う。

「久世グループの人間が、この帝都ホテルに？　都内には久世コーポレーション系列のホテルが二十はある。泊まるところくらいいくらでもあるでしょうに」

「まあまあ。彼だってほかのホテルに泊まって息抜きをしたいことくらいあるだろう」

「我がホテルのライバルじゃないですか。何をしに来たんだろう？」

私が思わず言うと、田中さんは可笑しそうに笑い、

「綺麗《きれい》な顔に似合わず、本当に気の荒い子だな。まあ、そこも人気の秘密なんだろうけどね。君はもうお父さんに負けない名物ドアマンだよ」

彼の言葉に、私は胸が痛むのを感じる。

このホテルの名物ドアマンだった父は、私が高校生の時に事故で亡くなった。私はその時にホテル学校に進んで父の跡を継ぐことを決めた。今は田舎の実家にいる母の協力もあってドイツにあるホテル学校を卒業し、ドイツの一流ホテルで修業をした。一年前に日本に戻り、父がドアマンを務めていたこのホテルに入社した。半年の間ホテルの名物だった老ドアマンの元で修業を積み、彼が定年退職するのをきっかけに、このホテルのチーフドアマンの地位を受け継いだ。部下に当たるドアマンたちは私よりもこのホテルでの勤務歴が長いが、私がチーフドアマンになることに全員賛成してくれた。彼らの協力もあって、私はドアマンとしての仕事にやりがいを感じている。

……この美しいホテルの顔になるには、まだまだ修業が足りないのだが。

「そういえば！」

豊田が、ふと思いだしたように言う。

「松居宗次郎《まついそうじろう》と藤田奈々香《ふじたななか》の結婚披露宴って今夜ですよね？　千人近いゲストを呼んだ豪華な披露宴って言うから、絶対にうちのホテルでやってくれると思ったんだけどなあ」

皇居のお濠の緑、その向こう側に見える建物を見て、ため息をつく。

「まさか、最後の最後でライバルのロイヤル・グランド・ヴィラに変更されるなんて」

その言葉に、私と田中さんは思わず顔を見合わせる。豊田はさりげなく愚痴を言っただけだが、予約の変更があったことで、このホテルの老支配人がとても落胆していたのを知っているからだ。それはもちろん支配人だけでなく、スタッフ全員もだけれど。

梨園《りえん》の貴公子とハリウッド映画にも出演した有名女優の結婚式は、日本中の注目を集めていた。式が明治神宮で行われることはすでに決まっていたが、披露宴の場所がなかなか発表にならなかった。二人の披露宴は近年まれにみる豪華なものになるはずで、それなら会場は帝都ホテルの蓬萊《ほうらい》の間だろう、と言われていた。松居宗次郎の実家の方からは、さりげなくその日に蓬萊の間が空いているかどうかの打診も入っていたし。

……しかし。

「うちのホテルは、流行からは取り残されているということなのかな？」

田中さんが、珍しく気弱な声で言ってため息をつく。

若い女性のトレンドリーダーと呼ばれる藤田奈々香が、どうやらうちのホテルでの披露宴に大反対したらしい。そして新しくできたばかりのロイヤル・グランド・ヴィラの最上階にある天空の間での披露宴を強引に決めたという。ドレスは自分でデザインし、指輪やティアラはイタリア系の宝飾品会社にオーダーして作らせ、有名なシェフやパティシエを揃えて料理やウエディングケーキを担当させ、本格的な管弦楽団も呼んで演奏させるらしい。

豊田が深いため息をつきながら言う。

「女性週刊誌に載っていた披露宴の内容を見て、おれの姉貴が言ってました。『さすがは藤田奈々香！　あんな結婚式、まさに乙女の夢だわ！』って。でも披露宴だけで三億、宝石やティアラを合わせたら十億越えるんでしょう？　そんな結婚式、嬉《うれ》しいかなあ？　相模さん、どう思います？」

「さあ、女性は嬉しいんじゃないのか？　私にはよくわからないけれど」

「相模さんはハデ婚派じゃなくてジミ婚派かあ。よかったあ」

豊田がなぜかホッとため息をついている。

「何？　おまえもそっち派だから仲間がいてよかったって？」

私が言うと豊田はでかい図体《ずうたい》に似合わず恥ずかしそうな顔になって言う。

「そうじゃないですよ。結婚に関する意見が合ってホッとしたなって。いや、もちろんこんなに綺麗な相模さんが、高嶺《たかね》の花であることは重々承知してますし……」

「豊田！　抜け駆けしてんじゃないぞ、こら！」

後ろから彼の頭を平手で叩《たた》いたのは、紺色の制服を着たドアマンの釜石《かまいし》。その後ろで可笑しそうに笑っているのはやはりドアマンの興田《こしだ》。もう一人のドアマンの狭間《はざま》は、今日は休日だ。背が高く、逞しい身体つきをした彼らに囲まれているとすごい圧迫感だ。私は手を上げて時計を覗《のぞ》き込み、時間を確認する。

「交替まであと十分あるけれど？」

「早目に来ないと、相模さんと入れ違いになってしまうじゃないですか」

「そうそう。相模さんの麗しい姿を見ないと、気合が入らないんです」

「何言ってるんだ。こんなごついやつらがこんなに集まっていたら、うっとうしくて仕方がない。ただでさえ蒸し暑い夜なのに」

私が言うと、二人は揃って、冷たい、と言い、田中さんが、可笑しそうに笑う。

……スタッフがこんなふうに仲がいいのは、このホテルの強みだろうな。

私は、でかい図体をしてジャレ合う彼らを見ながら思う。

……たしかに、このホテルには改善すべき点がいくつもある気がするけれど。

オーナー兼支配人の筒井さんは、父とはホテル学校時代からの親友だった。彼は支配人、父はドアマンになったけれど、同じこの帝都ホテルで頑張ってきた仲間だ。筒井支配人は生前の父にいろいろなことを相談していたらしく、父のあとをついで入社した私のこともまるで本物の息子のように可愛《かわい》がってくれ、何かと頼りにしてくれている。「ドアマンというだけでなく、右腕としても使ってしまって申し訳ないな」というのは彼の口癖だ。

……なのに。

私はロビーの方に視線をやりながら、心がズキリと疼《うず》くのを感じていた。

最近、なぜか筒井支配人は私を避けているようだった。もちろん彼には本物の家族がいるのだし、一介のドアマンがこの歴史ある帝都ホテルの経営方針に口を出す権利はない。

……何かが、気になる。

筒井支配人と、ライバル会社の総帥である久世が親しげに話している姿が目に浮かぶ。前の常連客だというのなら親しくても不自然ではないのだが……何かがひっかかるんだ。

ぼんやりと考え事をしていた私は、車寄せに入ってきたファミリータイプのＢＭＷに気づいて、ハッと我に返る。車のナンバーを見て頭の中のデータを検索し、このホテルのレストランの常連客である一家の名字を思い出す。そして子供たちの名前も。

私はポケットからホテル内スタッフが持つ高性能トランシーバーを取り出し、地下にいる駐車場スタッフに話しかける。

「相模です。レストランをご予約の佐々木《ささき》様がご到着です。いつものスペースに空きはありますか？」

『今日はガラガラですし、大丈夫ですよ。誘導してください』

トランシーバーから、駐車場スタッフの声が聞こえてくる。私は車寄せに停車したＢＭＷに近寄り、外側から助手席のドアを開く。

「いらっしゃいませ、佐々木様」

車を降りてきた奥さんに挨拶をし、次に後部座席のドアを開く。飛び出してきたお子様二人に笑いかけて、

「こんばんは、美樹《みき》ちゃん、卓也《たくや》君」

言うと、二人は頬を染めて私を見上げてくる。

「こんばんは。卓也はお兄ちゃんのことばっかり話してたんだよ。綺麗だ、綺麗だって」

「お姉ちゃん、ひどい！　言わないって約束したのにっ！」

奥さんと、仔犬のようにジャレ合う二人を、大型犬のような私の部下たちがロビーに誘導する。私は運転席に回り込み、窓からご主人に話しかける。

「いらっしゃいませ、佐々木様。車をお預かりしましょうか？」

「いや、いつものように自分で入れるよ。地下で大丈夫？」

「はい。いつもの場所を空けてありますので。Aの十五番です」

「どうもありがとう」

彼は言って、そのまま車を発車させ、地下駐車場に入っていく。パーティーの時などは鍵を預かってドアマンが車を運ぶ場合もあるが、最近では自分で駐車場に車を入れる場合が多い。そのために地下駐車場への入り口は解りやすい造りになっているのだ。

「そろそろ交替の時間じゃない？　相模君も豊田君も、上がったら？」

ベルキャプテンの田中さんが、時計を見ながら言う。

「ありがとうございます。それでは……」

言いかけた時、一台の車が車寄せに乱暴に入ってきた。真っ赤なランボルギーニ・ディアブロ。ナンバーにも見覚えがある。

……せっかく平和な夕暮れだったのに。

私はため息をつき、車寄せの前に立つ。

「あっ、あのランボルギーニ、しかもあの品川ナンバー！」

豊田が私の脇《わき》に並びながら怒った声で言う。私は平静を保とうとしながら、

「ナンバーをちゃんと覚えたんだな。いい傾向じゃないか」

「あいつのナンバーなら覚えますよ。だって相模さんのストーカーじゃないですか」

豊田は怒った声で言い、ほかのドアマンのメンバーもうなずいている。私は内心ため息をつきながら言う。

「口を慎め。彼は仮にもお客様だぞ。別にストーキングされた覚えはない」

「でも、しつこく言い寄ってきて、帰りに待ち伏せされたりするんでしょう？　今日だって早番の終わる時間を見計らって来たじゃないですか」

豊田は本気で心配している顔で言ってくれる。田中さんが私の脇に並びながら、

「あいつが来ないうちに上がりなさい。話をすることはないよ」

……私も、そうしたいのはやまやまだが……。

「早めに上がっておけばよかったのですが……彼からは私の姿が見えているはず。以前『さっきまでいたじゃないか。相模を出せ』と彼が暴れたことをお忘れですか？」

「あの時に物でも壊してくれれば、完全に出入り禁止にできたのに」

豊田が物騒なことを言う。私は心配そうなみんなに無理やり笑って見せる。

「面倒なゲストをあしらうのもドアマンの大切な仕事だ。とりあえず挨拶はするよ」

キュキュキュ！

車寄せに並んだ黒塗りのハイヤーのギリギリをかすめ、一台のランボルギーニが滑り込んでくる。いつもながら血《ち》の気《け》が引く思いの私の前に、派手なタイヤの音を立てて停車する。車体が大きい上にとても迷惑な斜め駐車。タクシーならギリギリ通れるかもしれないが、ゲストの送迎用のホテルバスは入ってくることができない。運転がもともと下手《へた》ならまだしも、私がいない時にはごく普通の運転をしてホテルに来るという。これはただ私の気を引きたいがための、くだらないパフォーマンスなのだ。

私は心から迷惑に思うが、それを顔に出さないようにしながら歩き、運転席側に回る。私が手をかける前にガルウイングが開いて、一人の男が降りてくる。

「相模君、やっと会えたな。親愛の証にハグさせてくれ。いいだろう？」

言いながらいきなり私の身体を抱き締め、両頬にキスをしてくる。ヌルリとした唇とくどいコロンの匂いがとても気持ちが悪くて、思わず青ざめるが……挨拶だと言われれば怒ることもできない。豊田たちが血相を変えて駆け寄ってこようとするのが目の隅に移り、私は手を上げてそれを制止する。

「……今夜こそ、夕食に付き合ってくれないかな？」

離れ際にいやらしい声で囁《ささや》かれるが、私はもちろん聞かなかったふりをする。

「帝都ホテルにようこそ、嘉川《かがわ》様」

突き飛ばしたい衝動を必死で抑えながら無感情に言い、豊田たちを刺激しないようにゆっくりと彼から離れる。

彼は嘉川政夫《まさお》。二十九歳。財閥の御曹司で、株式会社嘉川という大きな貿易会社の重役。社長は彼の父親が務めているし、取締役は親族が占めているので、お飾りのようなものだと社員から聞いたことがある。派手な顔立ちと、金のかかったブランド物のスーツ。いかにも女性にモテそうなのに、どうして私などにしつこく構うのか未《いま》だに謎だ。

株式会社嘉川の本社は丸の内にあり、うちのホテルと近いためにパーティーや会議に利用されることが多い。社長やほかの取締役はまっとうな人々だし、彼の会社は上得意様だ。だが、この嘉川政夫は私にしつこく迫ってくるので正直辟易《へきえき》している。

そのことはホテルのほかのメンバーにも伝わっていて、株式会社嘉川の会議や宴会の予約、そしてこの嘉川政夫の個人的な予約などがある日は私に伝わるようになっている。

「嘉川様、本日は会議室もお部屋もご予約いただいていないようですが？」

私が言うと、彼はいやらしい顔で笑って声をひそめる。

「部屋を予約したほうがよかったかな？　でもここでは、気詰まりだろう？」

私は、囁かれたその言葉が聞こえなかったふりをして言ってやる。

「申し訳ありませんが、本日、ご予約で駐車場は満車になっております」

「それならここで待たせてもらうよ。君とデートがしたいんだ」

私は怒りたい衝動を必死で抑えながら、

「残念ながら、私にはまだ仕事がありますので。……失礼いたします」

低い声で言い、そのまま踵《きびす》を返す。私の背中に、

「そんなふうに私に冷たくすると、あとで後悔することになるよ？」

笑いを含んだ声で、嘉川が言ってくる。その言葉を無視して、私は足早にロビーに入る。

豊田が慌てて追いかけてくる。

「支配人にちゃんと相談した方がいいんじゃないですか？　やっぱりあいつヤバイですよ」

私はその言葉に深くうなずきそうになるが、

「騒ぎを大きくすることはない。嘉川様は冗談がお好きなだけだよ」

私は平静を装って答える。そんなことよりも最近の支配人の様子の方が心配だ。

……何か、裏で面倒な事件でも起きていないといいのだが。

「このままでは、このホテルは嘉川グループに乗っ取られてしまいます」

久世柾貴

一流のホテルとして世界的に名の知れた老舗、帝都ホテル。その支配人室で、私は一人の男性と向かい合っていた。彼の名前は、筒井新造《しんぞう》氏。六十五歳。この帝都ホテルのオーナー兼支配人を、四十年も勤め上げてきた人だ。

そして私の名前は久世柾貴、二十九歳。世界的に名の知れた大富豪、久世一族の嫡子として生まれた。スイスの寄宿学校で徹底的に帝王学を叩き込まれ、アメリカの大学に留学した後、三年ほど前に日本に戻った。久世コーポレーションのホテル部門の長《おさ》となって事業を拡大し、その業績を認められて一年前に久世一族の総帥となった。現在の肩書きは久世グループ会長、そして久世コーポレーション東京本社社長。

帝都ホテルは、亡くなった祖父母と両親がずっとひいきにしていた場所だ。ホテルのオーナー兼支配人である筒井氏のことは、物心ついた頃から知っている。

このホテルは優れた建築と素晴らしいサービスを誇るだけでなく、都会の中とは思えない不思議と落ち着く場所だ。仕事が忙しくてなかなか休暇の取れない祖父母や両親にとって、まるで高原のホテルにでもいるようなこの帝都ホテルで過ごす時間はとても大切なものだったらしい。祖父母も両親も、将来一族の総帥の座につくはずの私に、常に厳しい教育を施してきた。しかしここにいる時だけは、私たちは本物の家族らしい時間を過ごした。

祖父母も両親もすでに亡くなった今となっては、このホテルは、私にとって唯一のあたたかな思い出の場所だ。

……たしかに以前から、帝都ホテルの経営が傾いているという噂《うわさ》は流れていた。

私は、筒井支配人を見つめながら思う。

……でも、まさか彼が、株式会社嘉川に出資を持ちかけていたとは。

株式会社嘉川は、戦後急激に勢力を伸ばした会社で、さまざまな黒い噂を持っている。最初に相談してもらえれば、その時に出資の話など持ちかけないように、とアドバイスができたはずだったのだが。

筒井支配人は膝に置いた手を握り締め、人の良さそうな顔を沈鬱《ちんうつ》に曇らせながら言う。

「資金難に陥ったのが、不況のせいだけではなく私の責任であることは重々承知しているんです。そのうえで知り合いの息子さんである君にまで我儘《わがまま》を言うのは本当はすべきでないことも。でも……」

彼は言葉を切り、窓の外に視線をやる。

支配人室は、十年ほど前に増築されたホテルの別館の一階にあった。本館との間にある中庭は夕暮れの光に照らされている。美しい芝生が青々と広がり、丹誠込めて育てられたバラが咲き乱れる。その向こうには、歴史ある本館の威風堂々たる建物がそびえ立っている。

「株式会社嘉川の会長は、帝都ホテルへの出資をあちらから申し出てくれました。歴史あるこのホテルを存続させることも約束してくれていたんです。でも……実は株式会社嘉川は私から帝都ホテルの実権を奪った後は、すぐさまホテルを取り壊して、その跡地に近代的なオフィスビルを建てるつもりだという情報が入りました。すでに大手建設会社に相談を持ちかけていて、そこにいる私の旧友が慌てて連絡をしてくれたので情報はたしかだと思います」

筒井支配人は言い、悲痛なため息をつく。

「……勝手なことを言っているのはわかっているのです。だが、歴史ある帝都ホテルがこの世から消えてしまうことだけは、私は……」

彼の握り締めた拳《こぶし》が、小さく震えている。

「そして私をあんなに慕ってくれる従業員たちを、路頭に迷わせるのは……」

「ご安心ください」

私は、彼の悲痛な言葉をこれ以上聞いていられずに、遮って言う。

「帝都ホテルは、ホテル業界全体の宝です。そして帝都ホテルの本館の美しい建築は後世に残すべき芸術品です」

私の言葉に、筒井氏がハッと顔を上げる。

「久世コーポレーショングループが全面的にバックアップをして、帝都ホテル経営再建のために出資をします。そしてグループの総帥である私が、このホテルの建築を守り、歴史を受け継ぐことをお約束します」

「……久世君……」

私は、涙ぐんでしまった彼を励まそうと、笑いかける。

「このホテルは歴史的に価値があるだけでなく、私にとっては別の意味がある。ここは、私にとって家族とのあたたかな思い出がある、大切な場所なのです」

私は言い、ソファに置いてあったアタッシェケースを持ち上げる。

「ご連絡をいただいてすぐに弁護士を呼び、出資と権利譲渡に関する書類を用意しました。これはもちろん、あなたから帝都ホテルを奪い取るためのものではありません。これから起こす私の行動を確認してから、判を押してくだされればいい」

アタッシェケースから出した書類を、ローテーブルに置く。彼はそれを手に取り、真剣な顔で読み始める。それからホッとしたような深いため息をついて、

「雇用条件も、ホテルの存続に関しても、私たち側にとても有利な書類だ。株式会社嘉川のものとは大違いです」

「ただ……」

私は支配人の顔を真っ直ぐに見つめながら言う。

「私はビジネスマンで、慈善事業をしているわけではありません。なのではっきり言わせていただきますが……今のままの状態では、また同じようにこのホテルは経営危機に陥るでしょうね」

私の言葉に、支配人は苦しげな顔でうなずく。

「それは、私も、スタッフも、薄々感じていることなのです。たしかに帝都ホテルは老舗ですが、宴会の予約も、宿泊予約も年々減っている状態です。でも、どうしていいのか……」

「私はホテルのプロです。このホテルを立て直すことができる」

私の言葉に、支配人はパアッと明るく顔を輝かせる。

「本当ですか？」

「その気になれば。あなたの協力が必要ですが」

私は言い、彼を見つめる。

「このホテルのスタッフの中で、あなたが一番信頼している右腕はどなたですか？　ここに同席していないということは、副支配人ではありませんね？」

私の言葉に彼は驚いた顔をし、それから苦笑する。

「副支配人のことはもちろん信頼しています。しかし彼は生真面目で繊細すぎる。こんな話を聞かせたら気絶してしまいそうだ。……このホテルには信頼できるスタッフばかりです。

でも私が右腕として一番頼りにしているのは、相模彰弘君です。まだこのホテルに来て一年目ですが……私の親友の一人息子なんですよ」

その名前に、私の心臓が、ドキリと反応する。

「相模君というのは、このホテルのチーフドアマンですね？　さっき少し話しました」

私が言うと、彼は嬉しそうに笑って、

「素直ないい子でしょう？　少し気の強いところはあるが」

「たしかに気が強いようですね。からかったら叱られました」

「あはは、彰弘君らしいな。裏表のない子ですからね」

彼は言い、まるで本物の息子を自慢する父親のような顔になる。

「彼はドアマンとしても素晴らしい資質を持っているし、何よりも新しいアイディアや実行力に優れている。今までも彼のおかげで改善されたところが、このホテルにはたくさんあるんですよ」

彼は言い、懐かしそうな表情になって言う。

「彼のお父さんは、事故で亡くなるまでずっと、帝都ホテルのチーフドアマンでした。小さかった彼はよくこのホテルのロビーで遊んでいました。彼にとっても帝都ホテルは大切な思い出の場所であるはずです」

「では、相模君を右腕としてお借りしたい。その許可をいただけますか？」

彼はうなずいて、

「明日までに、ドアマンの新しいローテーションを考えて、彼のシフトを今までよりも緩くしておきましょう。あなたのお手伝いができると思います」

「ありがとうございます。……それから、私とあなたが手を組んだことを、このホテルのほかのスタッフには口外しないでください。副支配人はもちろん、相模君にも」

支配人は驚いた顔をするが、すぐにうなずく。

「わかりました、何かお考えがあるのでしょうね」

「このホテルの設備は本当に素晴らしいし、スタッフが一致団結してとてもいい雰囲気だ。しかし……時が止まってしまっているかのように感じられる部分もたくさんあります」

その言葉に、支配人は苦笑する。

「支配人の私がもう年ですからねえ」

「そうではなく……帝都ホテルにはきっと敵が必要です。スタッフに活を入れ、このホテルの本当の実力を引き出すためにも。私が、その役を引き受けましょう」

私が言うと、支配人は驚いた顔をする。それからうっすらと涙を浮かべ、私に向かって深々と頭を下げる。

「私たちが心から愛する帝都ホテルの将来を、あなたに託します。よろしくお願いします」

相模彰弘

従業員用の更衣室にあるベンチに座り、私はカップベンダーのコーヒーを飲んでいる。白の制服から、綿シャツとジーンズという通勤用の気楽な私服に着替えた後、すぐに帰る気がせずにここで時間を潰《つぶ》していた。

豊田は、私がまた嘉川に待ち伏せされるのではと心配して、一緒に帰りましょうと言ってくれた。だが、私にはもっと気になることがあったのでその申し出を断って先に帰らせた。

私の脳裏には、久世という男と話していた時の支配人の顔が焼きついてしまっていた。

……いつもにこやかな支配人の、あんな深刻な顔は、初めて見たかもしれない。

……あの男と何を話していたんだろう？　まさか脅されていたとか？

私は思い、コーヒーを飲み干してため息をつく。

……まさか。考え過ぎだ。

私はカップを潰し、ゴミ箱に投げ入れる。時計を見ると、時間は十時。あれから一時間も経《た》った。万が一、嘉川が私を待ち伏せていたとしても、あきらめて帰っただろう。

私は脇に置いてあった革のデイパックを出して背負い、更衣室を出る。従業員用の廊下ですれ違うスタッフたちと挨拶を交わし、通用口から外に出る。

初夏の夜風が髪を揺らす。木々が茂る皇居が近いせいで、風は緑の香りがする。

私はジーンズの後ろポケットから小型のデジタルプレイヤーを出し、イヤホンを耳に入れる。ボタンを操作して気持ちのいい夜に相応しいお気に入りのジャズの曲名を探しながら、地下鉄の駅に向かって歩きだす。

後ろから誰かが近づいてくる気配はあった。しかし私は気にせずに歩を進め……。

「あっ！」

いきなり後ろから身体を抱き締められて、驚いた私の手からデジタルプレイヤーが滑り、耳からはずれたイヤホンと一緒に、カシャンという音を立てて道路に落ちる。

「何するんだ、ふざけるのもいい加減に……っ！」

知り合いのスタッフの悪ふざけだと思った私は、その腕をもぎ離そうとして……。

「ふざけてなどいないよ。デートをしたいと言ったじゃないか」

囁かれた嫌らしい声、嗅《か》ぎ覚えのあるくどいコロンに、ギクリとする。

「だからここで待っていたんだ。制服もいいが、ラフな私服の君もとても素敵だ」

「嘉川様」

私は心からうんざりしながら言う。

「何度も言わせていただきましたが、当ホテルではゲストとの個人的なお付き合いは禁止されております。手をお離しください」

「ここで怯《おび》えて悲鳴でも上げてくれれば、まだかわいげがあるのに」

嘉川は可笑しそうに笑い、私をしっかりと後ろから抱き締めたまま耳たぶに唇をつける。

「だが、そんなところもたまらない。今夜こそ絶対に逃がさないよ」

彼が私を強い力で抱き締めたまま、後ろの方向に向かって歩く。よろけながら無理やり歩かされた私は、身をよじらせるようにして振り返る。そして少し離れた場所にあのディアブロが停まっていることに気づく。

……いつもは声をかけてくるだけだったのに。まさかこのまま、車に乗せる気か？

「嘉川様、手を離してください！」

私は抵抗するが、彼の力は予想以上に強く、びくともしない。そのまま引きずられるようにして車のそばまで歩かされる。彼がリモコンを操作し、助手席側のガルウイングがゆっくりと開いたのを見て、私は本気で慌てる。

「嘉川様、私はあなたとご一緒する気はありません！」

「いつも思わせぶりなことばかり言っておいて、それはないだろう？」

嘉川の声はいつになく切羽詰まっていて、全身から血の気が引く。

……乗せられたら、とてもやばいことになりそうな気がする……。

「嘉川様！　離してください！」

本気で抵抗する私の身体を、嘉川が無理やりに助手席に押し込む。そしてそのまま身をかがめてきて……。

「嫌です！　何を……！」

彼の手が私の髪の中に滑り込み、後頭部をしっかりとホールドする。

「綺麗な唇だよなあ。ずっとキスをしたいと思っていたんだ」

いやらしい声で囁いて、彼の顔が近づいてきて……。

その時、艶のある黒い大きな車が角を曲がって滑り込んできた。思わず動きを止める私たちのすぐそばに、その車は滑《なめ》らかに停車する。

……リムジン？　まさか……。

リムジンのドアが開き、降りてきたのは……。

「……あ……」

私は助手席に押し込まれかけた不自然な格好で、彼を見上げる。街灯の明かりに照らされたのは、あの男の彫刻のように端麗な顔だった。

さっきはからかうような笑みを浮かべていたその顔には、信じられない、というような驚きの表情が浮かんでいる。

「……久世、さん……！」

私の目は、きっと彼に助けを求めていたのだろう。彼は足早に近寄ってくると、いきなり嘉川の腕を摑《つか》む。そしてそのまま、無造作に腕をねじり上げる。

「ぐわっ！」

嘉川が悲鳴を上げて、私から離れる。久世が腕を摑んだ手を軽く払うと、嘉川はそのまま道路に転がった。

久世はもう嘉川のことなど一瞥《いちべつ》もせず、真っ直ぐに私に手を差し伸べる。

なめし革のように滑らかな肌、すらりと長い指、清潔な爪。彼の手は男らしく、作り物のように美しく……こんな場合なのに私は思わず見とれてしまう。

「……彰弘、手を」

彼の形のいい唇から、低い声が漏《も》れた。まるで催眠術にでもかかったように、私はゆっくりと手を差し伸べる。

私と彼の手が触れ合いそうになった瞬間、彼がふいに手を引いて後ろを振り返った。そしていつのまにか起き上がって忍び寄ってきていた嘉川に、無造作なジャブ。嘉川の顎にほんの軽く当たっただけに見えたのに、嘉川は派手によろけ、再び道路に転がった。

「おいで」

彼が手を伸ばし、私の身体を問答無用で抱き上げた。

「えっ？」

驚いている間に私は運ばれ、開いたままだったドアからリムジンの後部座席に押し込まれてしまう。彼が隣に滑り込み、ドアが閉まる。リムジンはそのままバックし、大きな道路に出て滑らかに走りだす。

「家まで送ろう。どこ？」

まだ夜は浅い。地下鉄で帰れる時間だ。最寄りの駅の前で降ろしてくれ、というべきだったのだろうが……私は疲れ切っていて、混《こ》んだ地下鉄に乗り、さらに二十分も歩いて帰る気にはとてもなれなかった。

「家というか、帝都ホテルの独身寮なんです。この先を曲がって晴海通りに出て……」

私は寮までの行き方を簡単に説明する。リムジンの運転手が、

「かしこまりました」

言って、邪魔をしないようにとの配慮か、電動の仕切りを向こう側から閉める。

……これで帰れる。

嘉川に抱き締められた感触、それにくどすぎるコロンの香りが身体に残っている気がして……私は一刻も早く部屋に帰ってシャワーを浴びたかった。

……風呂上がりにビールでも飲んで、布団に潜り込んで、さっさと忘れてやる。

私は思い、それからあることを思い出してハッとする。

「くそ、ｉＰｏｄが！」

「どうした？」

久世が驚いた顔で聞いてくる。

「通用口のところにｉＰｏｄを落としてきたんです！　あの男が急に後ろから羽交い絞めにするから！　安いものじゃないし、何よりお気に入りの音楽データが山のように入っていたのに！」

私は、落とした時の音を思い出して暗澹《あんたん》たる気分になる。

……大切にしていたのに。落とした衝撃で壊れてしまったかもしれない。

「車を戻そうか？」

彼の言葉に、私は少し考えてからかぶりを振る。

「いいです。あの男がまだウロついていたら面倒だし」

嘉川のぎらついた目と抵抗できないほどの力を思い出して、背中にゾクリと冷たいものが走る。

……とても残念だし、あんなことをされたのは悔しいけれど、なんだか、今夜はもう疲れ果てた。

私はため息をつき、彼が私を見ていることに気づいて今度はムッとする。

「男に車に押し込まれそうになったくらいで何を動揺してるんだと思っているんでしょう？」

私が言うと、彼はかぶりを振って、

「君のような人がドアマンをしているのはある意味とても危険だなと思って」

……どういうことだ？　私がホテルの顔として一人前ではないと言いたいのか？

「私をバカにする気ですか？」

私は、彼がライバルグループの総帥だということを忘れてきつい口調で言ってしまう。

「バカになどしていない。だが……」

彼は、なぜか真面目な顔のままで言う。

「怒った顔はとても色っぽい。惑わされる男も多いだろうな」

言って、いきなり私の身体を引き寄せる。彼の手が髪に滑り込み、後頭部を支えたことに気づいて私はドキリとする。さっき嘉川にされたのと、まったく同じ格好だったからだ。

「あの男にキスをされているように見えた。キスをされた？」

漆黒の瞳で真っ直ぐに見つめられ、私の鼓動がなぜか速くなる。

……どうしたというんだ？　嘉川の時には不愉快なだけだったのに。

「キスをされたのか？」

彼の顔がなぜか苦しげなほどに真剣に見えて、私は呆然としたままかぶりを振る。

「いえ、あなたが来てくださったので、ギリギリで助かりました」

彼は何も言わずにしばらく私を見つめ、それから深いため息をつく。

「それならよかった。可哀想《かわいそう》に。怖かっただろう？」

彼の声がとても優しく聞こえて、なぜか胸が甘く疼く。

……だから、なんなんだ、この反応は？

私は思い、それから何を言われたかにやっと気づく。

「女性じゃあるまいし、キスが怖いわけがないでしょう？」

「本当に？　とても怯えた顔をしているように見えたが」

図星を指され、私はムッとする。たしかにあの男の目に危険を感じたし、あんな不愉快な男とキスをするなど絶対に嫌だった。本当のことを言えばとても怖かった。だがそれを認めるのは、男としてあまりにも悔しい。

「気のせいです。あんな男は怖くなどないし、キスくらいなんでもありませんから」

「本当に？」

彼は私の髪に指を埋《うず》めたまま、至近距離から見つめてくる。

「それなら……」

頭をほんの少しだけ引き寄せられ、彼の端麗な顔が少しだけ近づく。

「もしも今、君にキスをしたいと言ったら？」

あたたかな息が、私の唇をくすぐる。背中を不思議な電流のようなものが駆け抜け、私の身体が小さく震えた。

「別に……」

私の唇から、かすれた声が漏れる。

「怖くなんかありませ……ん……っ」

彼の見とれるほどハンサムな顔が一気に近づいた……と思った次の瞬間、私の唇に、あたたかなものが重なっていた。

「……ンン……！」

……これは……。

私は驚いて目を見開きながら思う。

……キス、されてる？　嘘だろう？

私は慌てて手を上げ、スーツに包まれた彼の胸に手をつく。押しのけて抵抗しなくては、と思うけれど、ふわりと鼻腔《びこう》をかすめた芳香になぜか動けなくなる。

それはきっと彼のコロンなのだろう。絞りたてのレモンのような爽やかな香りに、ジンに似た大人っぽい針葉樹の香りが絶妙なバランスで混ざっている。さらに奥深い場所には男っぽいムスクが隠れていて……頭の芯《しん》が痺《しび》れてしまうような、とんでもなくいい香りだった。

唇に重なっているのは、見た目よりも柔らかい彼の唇。逃げられないように後頭部を引き寄せられ、角度を変えて何度も重ねられて……心臓が壊れそうに鼓動が速い。

……力が入らない……。

逃げなくてはと思うのに、私の手は、彼を押しのけることがどうしてもできない。

二人の唇が重なる、チュッ、チュッ、という微かな水音が、私の身体をなぜかじわりと熱くする。

……ああ、どうしてこんなふうになるんだろう？

少しだけ深く唇が重なって止まり、それから名残《なご》惜《り》しげにゆっくりと唇が離れる。

「……ア……」

私の唇から、なぜか名残惜しげなため息が漏れた。

「綺麗だ。とても色っぽい」

私は、彼の端麗な顔を陶然と見上げる。

「キスだけで、そんな顔をしてしまうなんて。本当に危険な子だ」

その言葉に、私はハッと我に返る。

……何をうっとりしているんだ私は？

「まさか……私のほうから嘉川様を誘ったのではないかと言いたいのですか？」

私の中から、激しい怒りが湧《わ》き上ってくる。そして……。

気がついたときには私は手を振り上げ、彼の頬に平手打ちをしてしまっていた。

「ふざけるな！」

彼はほんの少しだけ驚いたように目を見開く。

「助けてくれた礼は言う！　でもからかわれるのは我慢できない！」

私は叫んで身を乗り出し、運転手との仕切りのガラスを叩く。運転手が驚いて、電動の仕切りガラスを開く。

「どうかなさいましたか？」

「車を停めてください！　降りますから！」

困惑した様子の運転手に、隣にいた彼が可笑しそうな声で言う。

「停めてくれ」

リムジンは路肩に寄って停まり、私は自分でドアを開いて車から降りる。

「夜道の一人歩きは危険だ。ちゃんとタクシーを拾いなさい」

リムジンの中から聞こえた声に、私はムカついてしまいながら、バン！　と思い切りドアを閉めてやる。

……人を馬鹿にして！

私は歩き出すが、ちょうどこの近くには駅がない。停まったままのリムジンを振り返り、意地で歩いてやろうかと思うが……仕事中に立ちっぱなしでさんざん酷使した脚が、悔しいけれど悲鳴を上げている。

私は近づいてきたタクシーに向かって手を上げ、停まったタクシーに乗り込む。寮の住所を告げながら後ろを振り返ると、あのリムジンがゆっくりと動き出すのが見えた。

リムジンは空いている道路を大きく回って、Uターンをする。思わず後ろを振り返ると、ちょうどリムジンの後部座席で彼が振り返ったところだった。彼の唇に満足げな笑みが浮かんだ気がして、私は思わず悪態をつく。

「……くそっ！」

「な、なにか？」

怯えたように聞いてくる運転手に「なんでもない」と答える。私は背もたれに身を預けて目を閉じる。硬いシートの感触に、さっきまで乗っていたリムジンがどんなに素晴らしい乗り心地だったかを思い出す。

……何を思い出しているんだ？　もう二度と乗ることなどないだろうに。

……しかし……。

私はあの男のやたらハンサムな顔を思い出しながら、ため息をつく。

……またやってしまった。ライバル会社の総帥を平手で殴るなんて。いちゃもんをつけられて訴えられてもおかしくないくらいだ。「大人っぽく見えるけれどまだまだ若いね」という筒井さんの声が聞こえるようだ。

……この喧嘩《けんか》っ早いところを直さなくてはといつも思っているのに。

私はため息をつきながら思う。

……そして一日も早く、立派なドアマンになりたいのに。

彼は私に平手打ちをくれ、そのままリムジンを飛び出していった。そのままムキになって走りだすかと思いきや、いちおうきちんとタクシーを停めたのを見て私は小さく笑う。

……気は強いけれど、意外に素直じゃないか。

「帝都ホテルに戻ってくれ」

私が言うと運転手は少し心配そうに言う。

「大丈夫でしょうか？　あの男がまだうろついているという危険性は？」

「それならちょうどいい。彼の前だったので、つい手加減してしまったから」

私が言うと運転手は楽しげに笑って車をUターンさせる。つい振り返ると、タクシーの後部座席で彼がやはり振り返ったところだった。

思わず微笑んでしまうと、彼はムッとした顔で向こうを向く。リムジンとタクシーは逆方向に走りだし、すぐに彼の姿は見えなくなる。

……まるで、美しく誇り高い山猫だな。

彼の怒った顔を思い出して、私は思わず微笑んでしまう。

リムジンは空《す》いている道路を走り、帝都ホテルの従業員通用口のある細い道に滑り込む。道からはあの赤いディアブロはすでに消えていた。

帝都ホテルを、オーナーを騙《だま》すようにして強引に奪おうとした株式会社嘉川のやり方はとても汚い。そしてその糸を裏で操っていたのはあの嘉川政夫だろう。

……残念だ。まだあの男がウロウロしていたら、本気で殴ってやれたのに。

私は怒りが湧き上がるのを感じ、それを抑えるために拳を握り締める。

リムジンは、通用口の前でゆっくりと停車する。私は運転手の手を煩わせずに自分でドアを開いて外に出て見回し……そして歩道に落ちていた、イヤホンが繋《つな》がったままの白いデジタルプレイヤーを拾い上げる。

彼がこれを落としたと言った時、とても悔しそうだったことを思い出す。

……よかったな、彰弘。

私は思わず微笑んでしまいながら思い、リムジンに戻る。リムジンは滑らかにバックして大通りに戻り、屋敷に向かって走りだす。

私はポケットからハンカチを出して、デジタルプレイヤーと、イヤホンの表面についていた砂埃《すなぼこり》をそっと拭《ぬぐ》う。

彼の見とれるほど美しい顔と、気の強い態度を思い出す。

そして、キスをした時の甘い呻《うめ》きも。

彼の美しい形の唇は、触れてみると蕩《とろ》けてしまいそうに柔らかかった。そして私の胸に当てられた彼の手は、微かに震えてしまっていた。態度とはうらはらな彼の純情さを、そのまま表すかのように。

……たしかに一目惚《ひとめぼ》れはしていた。もっと知り合いたいと思っていた。だが……。

年甲斐《としがい》もなく胸が強く甘く痛むのを感じながら思う。

……会ったその日に、こんなに夢中になってしまうなんて。

私はデジタルプレイヤーに傷を付けないようにハンカチに包み込み、アタッシェケースの内側のポケットに大切にしまった。

……近々会うことになる。その時にこれを返そう。

それから筒井支配人との会話を思い出して、苦い思いで一人微笑む。

……彼はきっと、私を警戒し、私を恨むだろう。だが……。

私は後ろを振り返り、ライトアップされたあのホテルを見る。

……君が心から愛しているというあのホテルを、私はどうしても守らなくてはならない。

相模彰弘

……くそ、朝から気分が悪い！

私はため息をつきながら、更衣室のロッカーに荷物を入れ、制服に着替える。

朝礼は九時から、早朝からのシフトについていないメンバーで行われる。しかし私は昨夜のことが頭の中をぐるぐるして眠れず、さらに落としてしまったデジタルプレイヤーのことが気になって、三十分早起きしてホテルに来た。

……なんであんな男にキスを奪わせてしまったんだ？

思い出すだけで頬が熱くなる。彼の男っぽい唇は見た目よりも柔らかく、そして優しく、私の唇に何度も重なってきて……。

「くそ、しかもなんでドキドキしてるんだよ？」

私は呟きながら白い手袋をはめ、乱暴にロッカーの扉を閉める。更衣室を出て、朝礼の行われる別館のミーティングルームに向かう。

昨夜は、何度も何度も、あの男とキスをする夢を見てしまった。

しかも夢の中の私は、なぜか、彼のキスにとても感じてしまっていて……。

……まったくムカつく！　そんなことがあるわけがない！

……さらにムカつくことに、誰かに拾われてしまったみたいで、ｉＰｏｄはもう影も形もなかったし！

ミーティングルームに入ろうとした時、制服の腰に下げているホテル内専用の携帯電話が振動した。私はそれをホルダーから出し、通話スイッチを入れる。

「相模ですが」

『ああ、よかった。来ていたのか。電話をしてみてよかった』

聞こえてきたのはこのホテルの副支配人、佐野《さの》さんだった。

「佐野さん。どうかしましたか？」

『ちょっと話があるんだ。ミーティングの前に副支配人室に来てくれないか？』

彼の声は妙に深刻で、私の心に何か嫌な予感が走る。

「わかりました。すぐに向かいます」

私は言って、別館の一階、支配人室の隣にある副支配人室に向かう。

「相模です」

ノックをして言うと、中から佐野副支配人の声が、どうぞ、と答えてくれる。

「失礼します」

私は言って、ドアを開く。そこにいたのは背の高い男性。このホテルの副支配人の佐野哲《てつ》二《じ》さん、三十二歳だ。イタリア製のダブルのスーツ、ハンサムな顔、黒い髪をきっちりと撫《な》でつけて、いかにもやり手のホテルマンという感じ。筒井支配人の右腕である彼には、私も入社当時から可愛がってもらっている。

「君には先に話しておいた方がいいと思って。ショックを受けるかもしれないからね」

彼は言いながらソファを薦め、自分も向かい側に座る。

「ショック？　いったいなんのことですか？」

私の脳裏に、落ち込んだ様子の筒井支配人の様子が浮かぶ。

「まさか、何か深刻な事態でも……」

「ああ。まさに帝都ホテルの危機かな」

彼は言って、深いため息をつく。私は青ざめてしまいながら身を乗り出す。

「いったい何があったんですか？」

「帝都ホテルは、実はずっと経営の危機にあった。私と筒井支配人は、なんとか乗り切れないかと努力してきたんだがどうやら無理だったらしい」

「まさか……」

私は地面が崩れてしまうようなショックを受けていた。

「この帝都ホテルが潰れてしまう、ということですか？」

「それを避けるために、筒井支配人は個人的にあの久世グループに出資を頼んでいたらしいんだ。私もそれを知ったのは今朝のことで驚いている」

「……久世グループ……あの、久世柾貴氏が総帥を務める……？」

私の脳裏に、昨夜見た、筒井支配人と久世の姿が浮かぶ。

「そうだ。彼はずっと帝都ホテルを狙っているという噂があった。なにしろここは立地もいいし、売り払うにはうってつけの土地だからね」

「売り払う？」

私は愕然《がくぜん》としてしまいながら言う。

「このホテルを別の企業に売ると言うことですか？」

「そうではなく……彼はとりあえずこのホテルを再建しようと努力はしてくれるらしいが、売り上げが見合わないようならばホテルを取り壊して土地を売却することも考えているらしい。これは別の企業から入った情報なので、確実だと思うんだ」

……信じられない。あの男が、そんなことを考えていたなんて。

「今日づけで筒井支配人は退社される。代わりに久世氏がつれてきた人間が、支配人として就任する。久世ホテルグループのエリート若手支配人らしいので、仕事はできるのだろうが、人間性は……」

彼は深いため息をついて、

「ともかく。あの男の言うことをあまり信用しない方がいい。新しい支配人も。久世の差し金かもしれないからね」

私はその言葉を信じられない気持ちで聞き……それから覚悟を決める。

「わかりました。ともかく、このホテルの売り上げが上がれば、久世氏はホテルを売却したりしないんですよね？　それならみんなで協力してこのホテルのことをもっと考え、いろいろな提案をしていかなくてはいけない気がします」

私はソファから立ち上がりながら、

「私は帝都ホテルを愛しています。ホテルのためにも、スタッフ一同で力を合わせて頑張りましょう。久世氏にもそのことを直談判します。このホテルの売り上げが上がれば、彼の利益にもなる。なにより、自分がいったん買い取ったホテルが倒産してしまったら、久世ホテルグループの信用を落とすことになる。これはお互いのためになることだと思います」

「それは……そうだが……」

副支配人は気圧《けお》されたように言う。私は彼に頭を下げて、

「私たちも頑張りますので、ご協力をお願いします」

「それはかまわないが……」

副支配人はどこか困ったような声で言う。

「私はきっと新しい支配人の下で仕事に忙殺されることになる。ミーティングなどにはあま

り参加できないけれど……」

「それで結構です。決定事項は書類でお知らせしますので目を通していただければ……」

私は言い、壁の時計を見上げる。

「そろそろ朝のミーティングが始まる時間では？」

「あ、ああ。そうだね。先に行ってくれないか？　少し電話をしたいところがあるんだ」

「わかりました。お先に」

私は言って副支配人室を出ようとする。同時に支配人室の扉が開いて、中から筒井支配人が出てきた。

「筒井支配人」

私が呼び止めると、支配人はとても申し訳なさそうな顔で振り返る。そして寂しそうな笑みを浮かべて、

「もしかして副支配人から聞いたかな？　私は今日づけでこのホテルを去ることになる。今まで本当に世話になったね」

その言葉に、私の心の中に怒りと寂しさが湧き上がってくる。

「どうして退社する必要があるんですか？　もしかしてあの久世に無理やり……」

言いかけた時、開いたままだった扉から、もう一人男が出てくる。私は彼を見上げて呆然と言葉を切る。

「おはよう、相模君」

筒井支配人の後から出てきたのは……あの久世という男だった。

「退社は筒井支配人のご意志だ。私が無理やりに退社させたわけではないよ」

平然と言われて、私は彼の顔を睨み上げる。

……そんな言葉が信じられるか！

「朝礼が始まるよ、相模君」

筒井支配人が言って、私の背中をぽんぽんと叩いてくれる。これは彼がよくやる癖で、私が仕事のことで落ち込んでいた時などにも、よくやってくれていた。

「君には本当に世話になった。この久世氏と新しい支配人のもとで、仕事を頑張って」

彼の言葉に、思わず涙がこぼれそうになり、私は唇を噛《か》んでそれをこらえる。それから久世を睨み上げて、

「私たちは帝都ホテルを愛しています。もちろん改革は必要だと思います。でもこのホテルの素晴らしいところは、私たちスタッフ全体の手で守るつもりです」

「それなら、帝都ホテルのどんなところがいいのか、みせてもらおうか？」

久世は自信たっぷりの様子で、私を見下ろして言う。

「私がここに滞在する間に魅力がわかればそのまま君たちの意見を聞こう。しかしもしも少しも魅力が感じられないようなら、すべて私の思い通りにする、いいね？」

……おまえの思い通りにはさせない！

私は彼の漆黒の瞳を見つめながら、決心を固める。

……私はなんとしても、この帝都ホテルを守ってみせる！

＊

その日の夕方。夜勤のメンバーと仕事を交替した後。まだ制服のままの私は、ミーティングルームに集まったメンバーを前に言っていた。

「この歴史ある帝都ホテルを、あんなやつの思い通りにさせてしまっていいんですか？」

私の言葉に、メンバーは複雑な顔をする。集まっているのはこのホテルのフロントのチーフ、それに厨房《ちゅうぼう》責任者のグランシェフたちやレストラン支配人たちだ。

「それはわかるけれど、なかなか具体的なアイディアはでないよねえ」

恰幅《かっぷく》のいいグランシェフ、尾畑《おばた》さんが困ったように言う。

彼は、ホテルの一階にある洋食ダイニング『リストランテ・テイト』の責任者。古きよき時代の帝都ホテルの味をしっかりと受け継いだ人で、日本の『洋食』と言われるメニューの先駆者の愛弟子《まなでし》でもある。たくさんの著書を出し、テレビの料理番組にもひっぱりだこの有名人だが、その腕は確かで未だに現役の名物シェフだ。特に彼の作る『帝都風オムライス・ブラウンソース添え』はトロトロの半熟卵と味わい深いチキンライス、それに牛肉や野菜をトロトロになるまで煮込んで作るブラウンソースをかけたとんでもなく美味な一品で、それを食べるために休日には観光客の行列ができるほど。列を作る人の気持ちが私にはよく解る。

「うちのホテルをよく知らないのならまだしも、彼はいちおうホテルの常連で名物メニューは一通り把握してるんだよね？」

言ったのは、三階にある和食レストラン『築地・華いち』の板長、神楽《かぐら》さん。五十歳。白髪交じりの短髪に頑固そうな顔立ち、作務衣《さむえ》に似た板場の制服。いかにもベテランの板前さんというルックスをしている。

彼は築地だけでなく全国の卸市場や漁協にネットワークを持ち、東京でも一番といわれる鮮度と質の魚を取り寄せることで有名だ。彼の作る『帝都風　和懐石弁当』は外国からのゲストにも大好評だ。

「……てことは、もしかして俺たちの味を変える必要がある？」

新館の最上階にあるメインダイニング、フレンチレストラン『ル・ブラン』のグランシェフ、長谷川《はせがわ》さんが言う。彼は二十九歳、フランスで修業を積んできた新進気鋭の若手シェフ。この間までスーシェフだったけれど、もとのグランシェフが引退したのをきっかけにグランシェフに昇進した。彼がグランシェフになったことで名物料理が変わってしまうのでは、と常連客は心配していたけれど、彼は前グランシェフの味を忠実に再現して、常連客たちを安心させた。

「もちろん、味自体に問題はないと思います。それに常連のファンも多いこのホテルで、味自体を変えるのは得策とは思えません。……これは私の個人的な意見ですが、一ファンとしてはホテルの名物料理が消えるのは寂しいですし」

私が言うと、三人はホッとしたような顔をする。

「それに、以前常連だったという久世さんは、このホテルのことはたいがい把握していると思います。だから味には満足していると思うのですが……」

「今のメニューは地味だし、サービスも目新しいところがない？」

『ル・ブラン』の長谷川さんが、ずけずけと言う。

「いえ、その……」

戸惑う私に、神楽さんが苦笑する。

「いや、実は私たちの中でも、話は出ていたんだよ。松居宗次郎と藤田奈々香の結婚披露宴がほかのホテルになってしまったことが、結構ショックでね」

「神楽さんは昔からの歌舞伎ファンで、最近は松居宗次郎がお気に入りでしたからね」

尾畑さんが言い、私の顔を見つめてくる。

「私たちにできることがあったらなんでも言ってくれていい。実はいろいろ新しいメニューや企画を考えてもいるんだよ」

「それは聞きたいです！　集客につながる企画やサービスを考えて、なんとかあの男に『このホテルはこんなに魅力的だ』と言わせなくては！」

私が言った時……。

プルル、プルル。

上着のポケットに入っている、ホテル内専用の携帯電話が、ふいに振動する。

「あ……すみません」

私は言って、通話スイッチをオンにする。

「はい、相模です」

『ワインを持ってきてくれないか？』

聞こえてきたのは、絶対に忘れられないようなあの低い美声。久世だ。

……ワイン？　この忙しいタイミングに！

私は内心ため息をつきながら、

「わかりました、ルームサービス係に連絡をします。すぐにお持ちできると……」

『私は、君に言っているんだ。ワインを持ってきてくれ』

彼は私の言葉を遮ってきっぱりした口調で言い、意地の悪い声で笑う。

『私は忙しいんだ。きちんと引き止めないと、このホテルに魅力はない、と言って明日にでも自宅に帰ってしまうよ？』

……なんて男だ！　脅す気か？　私は心の中で悪態をつき、それから、

「……わかりました」

渋々言う。声で不満なのがありありと解っただろうに、彼は楽しそうに小さく笑う。

『それでいい。銘柄は適当に選んでくれ』

言ってそのまま電話が切れる。

「くそ！」

思わず悪態をつき、通話を乱暴に切る。ポケットに携帯電話を戻して顔を上げ……ミーティングテーブルを囲んだメンバーが呆然と見つめていることに気づく。

「ああ……ごめんなさい。ムカついたので、つい」

「どうかしたの？」

尾畑さんの問いに、私は深いため息をついてみせる。

「我儘な新オーナーがワインをご所望みたいです。しかも私に持ってくるようにって」

「なんだよ、それは？　たしかにハンサムだけど……性格悪くないですか？」

フロントのチーフ、松田《まつだ》さんが怒ったように言う。私はその言葉に深くうなずいてから、

「……申し訳ないけどちょっとだけ抜けます」

「いや、もうそろそろ終わりにしたほうがいい時間じゃないかな？　私たちも厨房にもどったほうがいい。ピークは過ぎているし、ほかの精鋭メンバーが頑張ってくれているとはいえ、さぼる新人がいると困るからね」

尾畑さんが、時計を見上げながら言う。

「さっき言っていたメニューについては、シェフやスタッフたちで検討してみるよ」

「ありがとうございます。それなら、また明日。失礼します」

私は、挨拶をして部屋を出る。

……クソ、どうしてあの男のために働かなくちゃいけないんだ？

私はため息をつき、ワインに一番詳しい人に聞いてみよう、と思いながら従業員用のエレベーターで新館の最上階、二十七階に向かった。

ここには、東京の観光地としても有名になっている『トップ・オブ・テイト』というバーラウンジがある。そしてワインの品揃えが豊富なことでも知られている『トップ・オブ・テイト』には、このホテルに何人か雇われているソムリエの中でも一番評判の高いチーフソムリエがいて……。

バーの入り口には、予約確認用のカウンターがある。そこにはダークスーツに身を包み、忙しそうに名簿をめくっているバーの責任者、近藤《こんどう》さんの姿があった。彼は足音に気づいたように顔を上げ、私に微笑みかける。

「おお、相模君、珍しいね。ついに誘いに応じて飲みに来てくれたとか？」

「そうしたいのはやまやまですが、まだ制服ですので」

私が白い制服の胸元を指さすと、彼は可笑しそうに笑う。

「まあ、たしかにこのホテルの顔である君が、制服のままで飲んだくれてた、なんてところを常連客に見られたら大変だ。じゃあ私にプライベートな用事かな？　光栄だな」

彼は片目をつぶりながら言ってくれるけれど、私は苦笑して、

「残念ながら、仕事の用事です。……ソムリエの本城《ほんじょう》さんに相談があるのですが、今、少しだけ大丈夫でしょうか？」

「フロアには本城だけじゃなくてほかのソムリエも出ているから。ゆっくりでも大丈夫だよ。……ちょっと待っていて」

彼は素早く店に入り、すぐに一人の男性を連れて出てくる。

白のシャツと蝶《ちょう》ネクタイ、黒のベストとスラックス。腰にはタブリエという名前の長いエプロンを巻き、胸には金色のブドウの形をしたソムリエバッジをつけている。彼は本城英二《えいじ》さん、逞しい長身をした美男子で、フランスの有名なソムリエコンテストで何度も優勝し、フランスの有名レストランから引き抜かれてきて、このホテル全体のチーフソムリエになった。ワインの業界紙でもひっぱりだこの有名人だ。

「俺に用があるというのは相模君だったのか。帝都ホテルの氷の女王様直々の呼び出しなん

て光栄だな」

彼は驚いた顔で私を見下ろしながら言う。

「氷の女王様？」

私が聞きとがめると、本城さんは笑い、支配人はそそくさと逃げていく。

「いや、一番美人で一番気位が高いってスタッフの間では評判だからね。俺は好みだけど」

……なんなんだそれは？　どうせ私は気が荒いけれど。

私がムッとすると、彼はハンサムな顔に楽しそうな笑みを浮かべたまま、

「もしかして告白？　付き合ってくれと言うのなら喜んでお受けするけれど」

「ええ。付き合って欲しいんです」

私が言うと、彼は本気で驚いたような顔をする。それからなぜか赤くなって、

「本当に？　いや、全然気づかなかった。自分がハンサムだという自覚はあるんだが、君は美人で高嶺の花だしなあ。いや、もちろん喜んで……」

「ワインセラーに付き合ってくださいと言っています。ついでにワインを一本選んでいただきたい」

「え？」

本城さんは呆然と目を見開き、それからガックリと肩を落とす。

「氷の女王様という評判は本当だったみたいだなあ。いや……今、本気でダメージを受けて

しまったんだけど」

「お客様からの依頼なので、急いでいるのですが？」

「ああ、はいはい。それで、どんなお客様が、どんなワインを探しているのかな？」

「ワインを注文したのはこのホテルの新オーナーになる久世さんです。銘柄は適当に、と言っています」

「久世さんが？」

本城さんは驚いた顔をし、それからにやりと笑う。

「久世さんがどうして『適当に』とワインを頼んだか、わかる？」

「寝酒替わりに何か適当に飲もうと思ったからでは？　だから『適当に』と」

「そうじゃない。彼は試しているんだよ」

彼は頬を引き締め、プロフェッショナルの顔になって言う。

「一年前まで、彼はよくこの帝都ホテルに泊まり、『トップ・オブ・テイト』にもよく来ていたらしい。俺もチラリと会ったことがあるし、前任のチーフソムリエは懇意にしていたみたいだ。あの久世さんという男はとんでもないワイン通らしいよ」

「では、彼のお気に入りのワインもわかりますか？」

私が言うと、彼は深くうなずいて、

「彼はそういうデータをホテルがきちんと保管しているかを試しているんだろう。このホテ

ム
ガクッ
!!

ルのソムリエは優秀だから、きちんと頭で覚えているけれどね」

その言葉に、私は深いため息をつく。

「そうだったんですか。あなたにご相談に来てよかったです。一瞬、向かいのコンビニで買った五百円のワインでも持っていってやろうかとも思ったんですが」

「あははは、それはそれでウケたかもしれないね。面白いサービスだと言って。……おいで。この店のワインセラーには、彼が気に入っている銘柄と生産年のワインをすべて保管してある。『あなたのお気に入りのワインをすべて揃えてお待ちしております』と久世さんに伝えてくれ」

「わかりました。きちんとお伝えします」

……あの久世という男、本当に一筋縄ではいかないかもしれない。

＊

久世が宿泊しているのは、本館の最上階にある、ホテルで一番豪華なクラウン・スウィートだった。オーナー特権を駆使したのかと思いきや、彼はきちんと宿泊料を払っていた。どうやら彼は、今までこの最高の部屋にしか泊まったことがないらしい。この部屋の一晩の宿泊料金は二百五十万円。さすが大財閥の御曹司。庶民とは感覚が違う。

旧館の最上階は、このクラウン・スウィートが占有している。セキュリティーガードのいる扉をいくつも抜け、最新の警備装置に守られたここには、専用のエレベーターを使ってしか来ることができない。美しさと歴史だけでなく、警備の面でもここは世界に誇ることができるはずだ。

専用エレベーターから下りた私は、広いエレベーターホールでしばし呆然とする。

……やっぱり、このホテルはすごい……。

美しくライトアップされたエレベーターホールは、モザイク模様を描くイタリア産の大理石の床と、高いアーチ型の天井を持っている。天井と壁には美しいフレスコ画が描かれている。これはここを設計したマルコ・スフォルツォがイタリアから職人を呼び寄せ、描かせた本物だ。

私はワインの乗ったワゴンを押しながら、エレベーターホールを歩き抜け、彫刻の施された両開きの大扉の前に立つ。そして緊張してしまいながら、呼び鈴を押す。

……そういえば、彼が乗っていたのはリムジンで、きちんと運転手もいた。もしかしてメイドや執事も呼び寄せているんじゃないだろうか？

「誰だ？」

扉の内側から聞こえたのは、しかし久世の美声だった。

「相模です。ワインをお持ちしました」

私が言うと、カチャリと鍵を外す音がして、ゆっくりと大扉が開く。ギギイ、という重い音に、またさらに緊張してしまう。

「待っていた。どうぞ」

扉を開けた彼は、ボタンを三つ外した白いシャツと、シンプルな黒いスラックスというくつろいだ姿だった。高価なスーツを着た姿が決まって見えるのはある意味当然かもしれないけれど、彼はこんなシンプルな服装でも、本当に見映えがする。

白いシャツに包まれた逞しい肩、厚い胸。黒いスラックスに包まれた長い脚、ギュッと引き締まったウエスト。見とれるようなモデル体形だ。

スーツの時にはきちんと整えられていた髪がほんの少し乱れて額に落ちかかり、彼の美貌を引き立てている。

……何をドキドキしているんだ、私は？

「どうした？　入ってくれ」

彼は扉を大きく開いて私のために場所を空ける。

「失礼します」

私は慣れないワゴンを押しながら、大理石の張られた広くて長い廊下に入る。

各国の王室の人々が利用している、歴史あるその部屋は、この帝都ホテルの威信をかけて作られただけあって、いつもながら見とれてしまうほど美しい。

廊下の両側には小さなドアがいくつも続く。これらは執事やメイドが泊まるための部屋。専属のシェフを連れて来ている時のために部屋の中にはキッチンもある。こんなに豪奢《ごうしゃ》で本格的な造りの部屋をもつホテルは、世界にもそうはないはずだ。

彼が先に立って、廊下の正面にある両開きの扉を開ける。

私は中を見て、思わず声を上げてしまう。

「……うわ……」

「ここに入るのは初めて？」

彼の声に、私は呆然としたままかぶりをふる。

「私が帝都ホテルの建築が好きなことを知っていた前支配人は、新人の研修の時などに紛れて何度か私をこの部屋に入れてくれました。でも、夜に入るのは初めてです」

そこは、舞踏会が開けそうなほどの広い広い空間だった。艶のある大理石の敷かれた床、ガラスをはめ込んだドーム型の天井。壁にはエレベーターホールの物よりもさらに豪奢なフレスコ画が一面に描かれている。

天井からいくつも下げられているのは、豪奢なクリスタルのシャンデリア。蠟燭《ろうそく》を模した電球がチラチラと揺れ、まるで古き良き時代にタイムスリップしてしまったみたいだ。

大通りに面した新館が少しずれた場所に建てられているために、この部屋の窓からの景色はとてもいい。皇居の緑と、その向こうの東京の夜景が煌めいている。

私は豪奢な部屋に思わず見とれ……彼が私を見つめていることに気づいて咳払《せきばら》いをする。

……何を見とれているんだ？　ワインの銘柄を忘れてしまうじゃないか！

私は自分を叱りつけ、彼を見上げる。

「どちらにお運びしますか？」

「それなら、あそこへ」

彼が指さした先には、六人は座れそうな巨大なソファが向かい合っていた。美しいカーブを描く背もたれ、艶のある茶色の革が張られた座面。そして凝った細工の猫脚を持つそれは、きっと高価なアンティークだろう。

私はソファの前に置かれた彫刻の施されたアンティークのローテーブルに、ワインボトルとクリスタルのグラスを置く。

「あなたのお気に入りのワインをすべて揃えてお待ちしております……当ホテルのチーフソムリエの本城が、そう申しておりました」

私は本城さんの言葉をそのまま伝える。それから間違わないように気をつけながら、

「『リオハ・カスティーヨ・イガイ・グラン・レセバ・ティント』一九七八年でございます。寝る前にはこちらをよくお飲みになっていたということでお持ちしてみました」

久世は、何も言わずに私を見つめる。その沈黙の長さに、私は思わず青ざめる。

……ヤバい、彼がこれを好きだというのは本城さんの記憶違いだったとか？

……それとも、銘柄か年代を言い間違えて、呆《あき》れられたんだろうか？

「正解だ」

彼の唇から出たのは、無感情な低い声だった。私は一瞬、失敗してしまった、もうダメだ、と思って目を閉じ……それから彼がクスリと笑ったことに気づいて我に返る。

「正解だよ」

「本当ですか？」

私は心の中に喜びが広がってくるのを感じる。

「私のホテルなら当然のサービスだ。でもなかなかできるホテルはない」

彼は唇に笑みを浮かべたままで言う。

「第一段階はクリア、かな？」

彼は言いながら、トレイに乗っていたソムリエナイフを持ち上げる。

「あ、私が……」

「ソムリエナイフでコルクを開けたことは？」

聞かれて私の頬が熱くなる。

……普段家で飲むのは缶ビールだし、ワインを開ける機会なんてほとんどないんだ。

「一度もありません」

「それなら自分でやろう。せっかくのリオハにコルクのかすが落ちてしまっては、もったいない」

　彼は言ってソムリエナイフを取り上げ、慣れた手つきでコルクを開ける。

「突っ立っていないで座りなさい」

「いえ、私は……」

「話がある。座って」

　彼は言って部屋を横切り、部屋の隅にある本格的なバーカウンターの後ろに回り込む。帝都ホテルの紋章、獅子のマークが彫り込まれたクリスタルのグラスを持って戻ってくる。

　彼が二つのグラスにワインを注《つ》いだのを見て、私は驚いてしまう。

「あの、私は仕事中ですのでけっこうです」

「君の今日の勤務は九時までだっただろう。制服は着ているけれど、もう仕事中ではないはずだ。付き合ってくれるね？」

　言われて、私はため息をつく。

　……そんなことまで把握しているのか。

「はい。本当はもう終わっています。……ワイン、いただきます」

　言いながら、制服の一部である白手袋を脱いでポケットに入れる。

　……もう、ヤケクソだ。

　彼は私の隣に座り、ワイングラスの一つを私に持たせる。

「乾杯は、何に？」

「もちろん、帝都ホテルの明るい未来に、です」

私が言うと、彼は小さく笑い、それから私のグラスにグラスを合わせる。

「君は本当にこのホテルが好きなんだな。……帝都ホテルの明るい未来に、乾杯」

私は、どうして未来を奪おうとしている張本人とこんな乾杯をしなくちゃいけないんだ、と思いながらワインを一口飲んでみる。そして……。

「美《お》味《い》しい！」

思わず呟いてしまう。

口の中に広がったのは、カシスにも似たフルーティーな芳香だった。そこに加わるのはどこか野性的なウイスキーにも似た樽《たる》の香り。適度な渋みとコクのバランスがとてもいい。

私は、思わず瓶を覗き込む。大きめのクリーム色のラベルには黒い細い線でたくさんのコインのような模様が描かれている。その上に大胆な赤い字で書かれているのはワインの名前だろう。高級ワインのおとなしいラベルとはひと味違った大胆なイメージ。

「こんなラベルのワイン、初めて見ました。すごく美味しいです。……ホテルで出すワインで、あなたのようなお金持ちが飲むのは『ロマネ・コンティ』とか『シャトー・マルゴー』とかばっかりなのかと思っていました」

「悪くはないけれど、そればかりでは飽きる。それに普段飲むタイプでもないからね」

彼の言葉に、私はまた面くらう。

……ってことは、そういう高級ワインをしょっちゅう飲んでいるってことか。

「チーフソムリエ交替後も、帝都ホテルのワインセラーが健在なようで安心したよ」

「もちろんです。帝都ホテルのメンバーは精鋭揃いですから」

私は言って、ワインをもう一口飲む。

……昨夜はこの男の夢ばかり見てあまり眠れなかった。そのせいで、やたらと酔いが回るのが早い気がする。

でも、彼が薦めてくれたリオハはやたらと美味しくて、止《や》めることができない。

「そういえば……」

彼はソファの足下に置いてあったアタッシェケースを持ち上げて、中から何かを取り出す。丁寧にくるんであったハンカチを開くと……出てきたのは、イヤホンがついたままの白いデジタルプレイヤーだった。新品ではなく、ところどころについた傷には見覚えがある。

「それ、もしかして……？」

「君のだろう？　あの後ホテルに戻ってきて、拾っておいた。渡すのが遅くなってしまってすまなかった」

彼は言いながら、私にそれを差し出す。ローテーブルにグラスを置いた私の手に、それをそっと載せてくれる。

「あ……ありがとうございます」

「大切な物なんだろう？　壊れていないか確認してくれ」

「はい」

私は再生ボタンやメニュー表示ボタンを押し、壊れていないことを確かめる。

「ありがとうございました。壊れていないし、データも無事だったみたいです」

「それならよかった」

彼は左手を上げ、時計を見る。彼の時計はシンプルな丸フェイスと茶色の革を持つ渋いデザインだったけれど、それに見覚えがあることに気づいて、私は内心気圧《けお》されてしまう。

……雑誌で見たことがある。ヴァセロン・コンスタンティンのヴィンテージ。たしか二千万円はするはずだ。さすがお金持ち、とんでもないものを持ってるなあ。

「もう十一時だったね。もしかしたらまだミーティングをしているかと思って電話をしてみたんだが……案の定、まだいた」

「もちろん。あなたの思うとおりにさせないためにいろいろ作戦を練らなくては」

私が言うと、彼は小さく笑う。

「このホテルの素晴らしさを理解させるために、この部屋に同居してくれないか？」

「は？」

彼はグラスを置き、私の目を真っ直ぐに見つめてくる。

「幸い、部屋は広い。ここに泊まれればとても便利だろう？」

「それはそうですが……」

たしかにミーティングをしているとすぐに終電の時間が来てしまうし、夜勤メンバーと一緒に休憩室に泊まり込むのは気が引ける。

……それに、何より……。

私は豪奢なリビングを見渡しながら思う。

……ずっと憧れていたこの部屋に泊まる機会なんて、絶対に二度とない。

「君が同居してくれれば退屈しない。しばらく自宅に帰る気にはならないだろうな」

彼は可笑しそうに笑って言う。

「もしかして、私が怖いのか？」

「まさか！　そんなわけがないじゃないですか！」

「それなら泊まればいい。決まりだ」

きっぱりと言われて私は反論できなくなる。

「制服をホテルから持ち出している？　予備がないと困るかもしれないが」

「何着かをローテーションしていますが、予備はクリーニングルームとロッカーに」

「それなら問題ないな。私服は、君のサイズに合いそうな服を秘書に用意させるから」

「あ、でも、そんなことをしていただくのは……」

「ホテルのショッピングモールがどの程度充実しているかの試験だ。やらせてくれ」

「そんなことをしていたら、あなたにどんどん借りができてしまう。昨夜は助けてもらったし、その後でiPodだって拾ってもらったし……」

「助けた分は返してもらった。……キスで」

彼の声がふいに低くなり、私の心臓が、トクン、と跳ね上がる。

仄暗《ほのぐら》いシャンデリアに照らされた彼の顔は、昼間よりさらに端麗に見える。

「でも……殴ってしまいましたし……」

私の声が、なぜかかすれてしまう。

「それならその分も返してもらおうか」

彼が私の手からiPodを取り上げ、ローテーブルに置く。

彼の手が、私の腰に回って強引に引き寄せる。そのまま彼の美貌が近づいて……。

「これは、昨夜助けた分」

囁いて重なってくる、彼の柔らかい唇。

「そしてこれがiPodの分」

次は、もう少し深いキス。

私は呆然とそれを受けてしまい、ふと我に返って動揺する。

……ああ、またキスを許してしまった。なぜだろう？

「言っておくが、使用人や客用の寝室などに寝ることは許さない。私と同じベッドルームに寝てもらう。いいね？」

唇を触れさせたまま囁かれて、私は思わずうなずいてしまう。

……ああ、どうして言うとおりにさせられてしまうんだろう？

＊

彼の部屋を出た私は、ソムリエナイフとワゴンを返すために『トップ・オブ・テイト』の厨房に寄り、本城さんにワインのお礼を言った。それから更衣室に寄ってシャワーを浴び、私服に着替えて制服と手袋をクリーニングに出した。そして、彼の部屋に向かった。

「髪が濡れている。シャワーを済ませてきた？」

私を迎えてくれた彼が言い、私はうなずく。

「はい。更衣室で」

「それならこれに着替えて」

彼はホテルに備え付けられたパジャマを私に渡して言う。

「ベッドルームはあのドアだ」

彼が指さしたのは、リビングから繋がる、やはり大きな両開きのドアだった。

「私は書斎で少し仕事をする。先に寝ていてくれていい」

彼は言って、リビングから出ていく。私は彼から渡されたパジャマを抱き締め、ため息をつきながら思う。

……ああ、この、夢のように豪奢な部屋に泊まれるのは、はっきり言ってとても嬉しい。でも、なぜあの男と一緒の部屋に寝なくちゃいけないんだ？

さっきのキスを思い出して、鼓動が勝手に速くなる。

……しかも、キスまでされた男と。もしも彼が妙なことをしてきたらどうするつもりだ？

私は考え、慌ててかぶりを振ってその考えを追い出す。

……彼は私をからかうためにあんなことをしただけ。私たちは男同士なんだ。隣のベッドに寝るくらい、合宿だと思って我慢すれば……。

思いながらベッドルームの扉を開け、そのまま立ちすくむ。

……しまった……。

広々としたベッドルームを見渡しながら、呆然と思う。

……クソ、このスウィートルームのベッドは一つだった。

シックなインテリアで統一されたその部屋には、天蓋《てんがい》のある巨大なキングサイズのベッドが一つだけだった。

ほかのスウィートにはクイーンサイズのベッドが二つ置かれているはずなのだが、このクラウン・スウィートだけはこういう造りになっている。どうやらこれは建築家の指定で、彼のこだわりだったらしい。

このタイプの部屋はあまりないようで、ビジネスで訪れた大金持ちの一人客や、世界的なスターなどがこの部屋を気に入って利用したはずだ。

「男同士なんだ、一つのベッドでも、なんの問題もない！」

私は自分に言い聞かせ、パジャマに着替えてそのベッドに潜り込む。

「……うわあ……」

そして、そのあまりの寝心地のよさに、思わず陶然とする。

この部屋のアンティーク家具、そしてキングサイズのベッドの枠は、このホテルの創設当時から受け継がれたもののはず。しかしベッドのマットレスは何度も換えられていて、これはつい最近オーダーされた最新式のマットレスのはずだ。

「やっぱり高いマットレスは全然違うんだ」

私は自分の寮の部屋の安いおりたたみベッドを思い出して思わず呟く。

硬すぎず、かといって腰がめり込むほど柔らかくもなく……マットレスの寝心地はまさに絶妙だった。

「なんだか、ここに寝ているだけで健康になってしまいそう。それにこの羽布団、軽くて綿菓子みたいに柔らかい」

私はうっとりと呟いて羽布団を身体の上にかけ、二重にされた羽根枕に頭を埋める。それは適度な弾力で頭を押し返し、すぐにでも眠りに引きずり込まれそうなほど心地よく……。

そのまま眠ってしまっていた私は、気配を感じてふと目を覚ます。

「……う……っ」

シーツと羽布団をめくり上げられて、私は思わず身体をこわばらせる。ベッドが微かに揺れて、彼が横たわる気配。

衣擦《きぬず》れの音、背中に微かな体温まで伝わってくるかのようで、ますます鼓動が速くなる。

……たしかに彼は、私にとってはとても面倒な相手と言える。だが、こんなにドキドキすることはないじゃないか。

「起こしてしまった？」

暗闇の中に響いた声に、ドキリとする。間近で聞くせいか、その声は昼間よりもずっとセクシーに聞こえたからだ。

「あ、いえ、うとうとしていただけですから」

「すまなかった。……明日の勤務は何時からだ？」

「明日は、昼の十二時からの勤務になります」

声が、意味もなく微かに震える。

……ああ、どうしたっていうんだ？

「朝食前に一泳ぎするのが、私の日課なんだ。君も付き合ってくれないか？」

その言葉に、私はいつもの自分の生活を思い出す。

低血圧気味の私はいつもギリギリまで目が覚めず、七転八倒しながらやっとのことで起きて、朝食など食べずに濃いコーヒーでなんとか目を覚まし、シャワーだけ浴びて部屋を飛び出す。自分が自堕落なことに自覚のある私には、いかにも健康そうなビジネスマンである彼の生活に、コンプレックスを覚える。

……早起きするなんて、いったい何年ぶりになるんだか。

「体力に自信がないのなら無理にとは言わないが？」

彼の声は微かに笑いを含んでいて、私の神経を逆撫でする。

……やってやろうじゃないか。

「いいえ。お付き合いします」

「それは嬉しいな。君が一緒なら退屈しないだろうし」

彼が言い、続いて衣擦れの音が聞こえてベッドが揺れる。彼は向こう側を向いたらしい。

「おやすみ」

「……おやすみなさい」

男と一緒のベッドで眠れるわけがないじゃないか、と思いながら答える。だが背中に彼の体温を感じ、彼の規則正しい呼吸音を聞いているうちに……いつしか深い眠りに落ちた。

*

「……彰弘……」

低い声が、私を呼んでいる。夢だろうと思うけれど、耳元をあたたかな息がくすぐるところまで妙にリアルだ。

「……彰弘……？」

……ああ、すごい美声だ。男の私でも、ずっと聞いていたいような……。

「……んん……」

私がおかしな夢を見るのは、たいていい起きる時間で、目覚ましが鳴っている時だ。

……ああ、なんとか起きなくては……。

私はなんとか起きようとするが、いつものとおり、重苦しい夢に搦《から》め捕られてなかなか覚《かく》醒《せい》することができない。

「……うう、ん……」

私がぼんやりと夢に見ていたのは、きっちりとスーツを着こなした、見とれるような美形の姿。彼は私を部屋に誘い、自分と同じベッドに引き込んで……。

……ああ、あの男ならきっと、さっぱりと目を覚まし、朝から力強く泳ぎ、あの麗しい姿でスーツを着こなして……。

「……う……？」

……あの男？　泳ぐ……？

私がぼんやりと思った時、いきなり首の下と膝の後ろに、何かが差し込まれた。驚いている間に、私の身体がふわりと宙に浮き上がる。

「えっ？」

何のことか解らずに驚いて目を開ける。薄明かりの中に見えたのは、夢で見ていたのと同じ、見とれるような美形。彼の唇に、可笑しそうな笑みが浮かぶ。

「おはよう。本当に寝覚めが悪いんだな」

私はどうやら彼に抱かれ、どこかに運ばれているようだ。

「……あ……」

私の頭の中に、昨夜のことが一気に甦ってくる。

……私はこの男に招かれて、この部屋に泊まることになった。昨夜は同じベッドで眠り、そして朝食前に泳ぐ約束を……。

寝室には遮光カーテンが閉められていて、外の明るさがよく解らない。夜明けのような気もするし、真っ昼間のような気もするし……。

「すみません、今、何時ですか？　プールは……」

「まだ七時半。寝坊はしていないよ」

彼は言いながら、肘《ひじ》でドアを開いた。いきなり溢《あふ》れた朝の眩《まばゆ》い光に、私は思わず固く目を閉じる。それからおそるおそる目を開いてみる。

そこは寝室に併設されたバスルームだった。脱衣室にも、曇りガラスで仕切られた奥のバスルームにも大きな窓が設けられていて、とても明るい。床や壁に張られたイタリア製の最高級の白い大理石が、それを反射してさらに眩《まぶ》しい。

窓の外には真っ青な空と、陽光の中の東京の景色が広がっていた。眼下には緑の濃い皇居とそれを取り巻くお濠。丸の内のビル街の向こうには煌めく東京湾とレインボーブリッジが見える。

「……うわ、ここからの景色って、こんなに綺麗なんですね」

私は自分の陥っている状況も忘れて、彼の腕に抱かれた状態のままで思わず景色に見とれてしまう。彼はクスリと笑って、

「もう目を覚ましてしまったのか。せっかく抱いたままシャワーに入れて強制的に目を覚ましてあげようと思ったのに」

残念そうに言って、私を大理石の床の上にそっと下ろしてくれる。私はなんとかよろけずに立ち、彼の言った言葉の内容にやっと気づく。

「抱いたままシャワーに？　なんてひどいことをするんですか！」

彼は可笑しそうに笑って踵を返し、そのままバスルームを出ていった。

……人をからかって！　まったく、なんて男だ！

私は閉まったドアを睨み付けてから……状況を思い出して慌ててパジャマを脱ぐ。

……このホテルのプールは、ビジネスマンのゲストのために朝の六時から開いている。彼は寝坊はしていないと言っていたが、早く準備をした方がいいだろう。

私は曇りガラスのドアを開いてバスルームに踏み込む。入ってみたいな、と思いながら大きなジャグジーに見とれてしまい、それから、それどころではない、とガラス張りのシャワーブースに飛び込む。そして、慌ててシャワーを浴びて目を覚ます。

……このホテルのためにも、頑張らなくては！

久世柾貴

ほかに誰もいないプールに、規則正しい水音が響いている。

天窓から差し込む朝の光が、彼が跳ね上げる水滴をキラキラと煌めかせている。

ここはマンダリン・オリエント・ホテル。私が経営するホテルの一つだ。

彼のクロールのフォームは正確で、速度もある。だが普段泳いでいないせいか、スタミナに欠けるようだ。

帝都ホテルのフロントが開くのは、朝の六時。そして閉まるのは夜中の一時。フロントが開いているのは十九時間だ。四人いるメンバーでローテーションを組みながら、ドアマンは正面玄関に立ち続けなくてはいけない。

この若さでチーフドアマンを任された彼は、このホテルの顔ということもあり、ほかのメンバーよりも仕事をする時間が長いのだと支配人は言っていた。もちろん休憩と交替をしながらだが、何時間も外に立ち続けるためにはかなりの体力が必要だろう。

ほかのメンバーはいかにもスタミナのありそうながっちりとしたタイプなので問題はない

だろうが、その麗しい容姿と接客能力を買われている彼は、体力では彼らに劣るようだ。

……まあ、根性では彼らに少しも負けないだろうな。

彼はそのまま少しもスピードを落とすことなく泳ぎ、プールの壁面を手のひらで叩く。そして水から顔を上げる。

「……はあ、はあ……」

息を切らしながら顔を上げ、隣のコースにいる私の顔を見つめる。

「……体力には……自信が、あったんですが……」

ガラス張りの天井から燦々《さんさん》と差し込む朝の光が、彼を照らし出している。象牙色の頬を、水滴が煌めきながら滑り落ちる。

「……やっぱり、身体がなまっているみたいです……」

日頃から泳いでいる私は、全力に近いクロールで一キロを泳ぎきった。

彼はその間ゆっくりと平泳ぎで泳いでいたが、最後に悔しくなったのか私に対抗するようにクロールになり、百メートルをやっと泳ぎ、ゴールをした。

「あまり全力で泳ぐと筋肉痛になって仕事に影響が出る。そろそろ上がったほうがいい」

彼が息を切らしながらも素直にうなずいたのを確認して、私はプールサイドに向かう。プールのへりに両手をついて身体を引き上げ、そのまま水から上がる。

コースロープをくぐってきた彼は、身軽にプールから上がった私を見上げて少し悔しそうな顔をし、同じようにプールサイドに手をつく。そのまま身体を引き上げようとするが、途中で力尽きたようで水の中に戻ってしまう。

「急に泳いだんだ。腕に力が入らないだろう？　きちんとあそこから上りなさい」

言いながら金属製のステップを示すと、彼はまた少し悔しそうな顔になり……だがうなずいてそちらに向かう。

……きっと、こんなふうに疲れている時には素直になるんだな。

小さな発見に、年甲斐もなく胸が甘く疼く。

……見かけはこんなにスマートで美しいのに、彼はどこか可愛い。

彼は金属のステップを上ってくる……が、やはりとても疲れているようで一瞬よろけ、手すりを握りなおす。

「手を」

私は言いながら彼に手を差し出す。彼は私を見上げて少し迷い、それからそのすらりとした手を差し出してくる。

彼の手は、真珠のような肌と長い指を持ち、とても美しい。

私は彼の手に一瞬見とれ、それからその手をしっかりと握り締める。そのまま引き寄せるが、力が強すぎたのか、彼はそのままよろけ、倒れそうになる。私はとっさにもう片方の手でその身体をしっかりと抱き留める。

「……あっ」

彼が小さく声をあげ、身をこわばらせる。触れ合う裸の肌と肌。泳ぎ続けていた彼の身体は熱く、その肌は滑らかで、鼓動はとても速い。

「……っ」

彼は小さく息を呑《の》み、私を見上げてくる。首筋に張り付く濡れた髪、長い睫毛に水滴が宿り、その潤んだ視線はとても色っぽい。

……なんて危険な青年だろう？

心の中に、苛立ちにも似た、いいようのない熱い感情が湧き上ってくる。

……こんなに美しいだけでなく、こんなふうに色っぽい。なのにさらにあんな凛々《りり》しい制服に身を包み、男たちの視線に身をさらす。

彼が誇り高いプロのドアマンであることはよく解っている。だがホテルの常連客の男たちの中には彼をただのドアマンではなく、欲望の対象として見ている人間もいるだろう。一昨日の夜、社員用の出口で彼を連れ去ろうとした、あの男のように。

私は激しい感情をコントロールできずに彼をそのまま強く抱き締める。

……このままずっと、腕の中に抱き締めていられたらいいのに。

「あの……」

彼のどこか苦しげにかすれた声が、私の首筋をくすぐる。

「もう大丈夫ですから。離してもらえませんか？」

「ああ、悪かった」

私は言って名残惜しい気持ちを抑えて彼の身体を離す。彼はまるで今まで呼吸を止めていたかのように喘《あえ》ぎ、一歩後退《あとずさ》る。威嚇する猫のように、漆黒の瞳が、キラキラと煌めいている。それがとても美しい。

「大丈夫？」

私が言うと、彼は我に返ったようにうなずき、それから照れたように前髪をかき上げる。

「すみません。毎日長時間立っているのですが、泳ぐのとはまた別みたいです」

「それなら毎朝一緒に泳がないか？　今日は無理をさせてしまったが、ゆっくり距離を伸ばしていけば体力もつく。仕事にも役立つだろう？」

私が言うと、彼は驚いたように目を見開く。

「それは嬉しいですが」

言って、日差しに満たされたプールを振り返る。

「私はここの会員ではありません。会員に同行するとしても、きっとかなり高額の使用料がかかるはずです」

「会社の関係で、私は自動的にここのプレミアム会員にされてしまった。心配しなくても同行者は無料だ。一人で泳ぐのは味気ないので同行者を探していたところなんだ」

「でも、あの……彼女とかに怒られませんか……？」

「恋人はいない。君がよければぜひ一緒に泳ぎたい。……無理は言えないが」

「いえ、無理ではないです」

彼はもう一度驚いたように目を見開き、それからもう一度プールを見渡す。

「こんな素敵なところで泳げたらとても嬉しいですが」

「それなら決まりだ。筋肉痛にならないように、きちんと身体をあたためなくてはいけない。おいで」

私は先に立ってプールサイドを歩き、外に続くガラスのドアを開く。そこはバリ風にアレンジされた屋上庭園になっている。そして……。

「ジャクジーが、あんなところにあるなんて」

彼が驚いたように言う。

「そう、夜はとても美しいよ」

先に立って、南国の花々の間を抜けて続く石の通路を歩く。足の裏に触れるサラリと乾いた感触が心地いい。

このホテルはサービスを行き届かせるためにゲストの人数を極力絞っている。そのために、ほとんど人と会うことがなく過ごせる。いつもは一人きりで開放感を楽しんでいるこの場所に、今朝は、彼の軽やかな裸足《はだし》の足音が響く。それを聞いて不思議と幸せな気分になっている自分に気づき、私は少し驚く。

「どうぞ、先に入っていて」

私は彼に道を譲り、少し離れた場所にあるジャクジーのスイッチを入れる。ジャクジーの中に大きな泡が立ち、静かな庭園にゴボゴボという賑やかな音が響き始める。

ジャクジーは白い大理石でできていて、一段高い場所に設置されている。彼は白い裸足で大理石の階段を踏み、そこで立ったまま景色を眺める。

「すごいですね。こんな開放的なジャクジー初めてです」

ジャクジーからは、広がる東京の景色を一望に見渡すことができた。

小さな船の行きかう東京湾、純白のレインボーブリッジ、その向こうには、機能し始めたばかりの街。朝の光の中の東京は、昼間のごみごみした雰囲気とは違う、美しい姿を見せている。

「こうして見ると、東京も綺麗なものですね」

彼は向こうを向いて立ったまま、明るい声で言う。

青年らしい伸びやかな骨格。しなやかな筋肉の浮き上がるすらりと伸びた脚、シンプルなトランクス形の水着に包まれた小さな尻《しり》。キュッと細く締まったウエストと、真っ直ぐに伸ばされた美しい背中。

濡れた髪から伝った水滴が、朝の光に照らされながら、彼の象牙色の背中をゆっくりと滑り落ちていく。

私はなぜか、全力で泳いだ後のような息苦しさを感じる。

「ああ、何を見とれてるんだろう？」

彼は言い、ふいに私を振り返る。

「失礼しました。こんなところに突っ立っていたら邪魔ですよね」

白い歯を煌めかせて笑い、勢いよくジャクジーに身を沈める。

初めて見た彼の笑顔が、私の脳裏にしっかりと焼きついてしまう。

……微笑んだ彼は、なんて美しいんだろう……？

私が彼を初めて見たのは、一年前。久世グループの総帥になったばかりの頃だ。

その頃の私は、親しみのあるもてなしをしてくれる帝都ホテルを個人的にとても気に入っていた。一人きりで宿泊し、週末を過ごすだけで日ごろの疲れが癒されるようだった。しかしグループの総帥になったことで仕事は激増し、一人きりの小さな宿泊を楽しむ余裕などとてもなくなっていた。

そんな時、リムジンの窓からふいにあの帝都ホテルを見る機会があった。ドアの前に白いドアマンの制服が見え、私は懐かしい老ドアマンを想像したのだが、そこに立っていたのはまったく違う人物だった。すらりと背の高い身体を純白の制服に包み、凜々しく立つ彼は、まだ若く、見とれるほどに麗しい青年だった。

私は彼に見とれ、そして忘れられなくなった。

……その彼が、今ここにいるなんて。

私は泡立つジャクジーに踏み込み、彼の隣に座りながら思う。

帝都ホテルの経営に関わることになったのは、いくつかの幸運な偶然と、私の意思が絡み合った結果だ。だが今の私には、それがずっと前から決まっていた運命のようにも思える。

……ああ、彼の心を自分のものにできたら、どんなに幸せだろう？

相模《さがみ》彰弘《あきひろ》

彼が案内してくれたカフェは、プールと同じ最上階のフロアにあった。このホテルにはロビーフロアにもいくつかの有名なカフェがあったはずだ。そのうちの一つのガーデンカフェは本格的なアフタヌーンティーで有名で、帝都ホテルのロビーカフェのライバルと言われている。だが、最上階にあるこの場所は観光客にはあまり知られていない穴場だろう。

「初めて知りました。こんなカフェがあるなんて」

「ここを使うのはこのホテルの常連客がほとんどだからね。入り口が複雑なために観光客はなかなか入れないんだ」

彼は言って、入り口のカウンターにいるスタッフと目を合わせる。カフェの支配人らしき男性は彼を見ると嬉《うれ》しそうに微笑《ほほえ》んで近寄ってくる。ドアマンとベルボーイ以外のスタッフのお仕着せがほとんどモノトーンに統一されている帝都ホテルとは違って、このホテルのスタッフの制服にはさまざまなデザインが取り入れられているらしい。カフェのスタッフはスタンドカラーの白いシャツを着て、腰にアジア風のバティックの布を巻いている。いかにもオリエンタルなイメージで、雰囲気を盛り上げている。

鮮やかなマゼンタピンクの小型の蘭が飾られ、みずみずしいバナナの葉が敷かれた素焼きの正方形の皿に、蓮《はす》の葉をモチーフにしたような縁取りのある深皿が重ねられている。

その中にたっぷりと満たされているのは、トロリとしたお粥《かゆ》。添えられているのは小さくアレンジされたタイ風の海老煎餅《せんべい》と、たっぷりの香草《シャンツァイ》。

空気の中にフワリと広がるアジアの香りが、夏の朝の日差しにとてもマッチする。

「プールサイドでアジア風の朝食ですか。私はこんな経験をするのは初めてですが、旅慣れたゲストにはとても喜ばれそうですね」

私は驚いて言う。彼は私のグラスにミネラルウォーターを満たしてくれながら、

「まずは食べてみてくれ。このホテルで有名なのはガーデンカフェのスコーンだが、私が一番気に入っているのはこのアジア風のお粥なんだ」

その言葉に私はうなずき、シルバーのスプーンを持ち上げる。そしてその僅《わず》かに飴《あめ》色を帯びたそれをすくって、慎重に吹く。向かい側に座ってお粥に香草を入れていた彼が、少し驚いたように目を上げ、そのまま私を見つめる。

「もしかして猫舌？」

そう聞かれて、私は少し赤くなる。

いい大人だというのに私は確かに猫舌で、熱い食べ物を口にできない。コーヒーも運ばれ

てきたばかりでは一口も飲めないので、カフェなどに入っても冷めるまでの時間が大変だ。これもまた私のコンプレックスでもある。

「子供みたいだと言いたいのですか？　でも仕方ないじゃないですか」

「いや、君はいつも山猫のように威嚇してばかりだが、意外なところで可愛いんだな、と思っただけだよ」

それがバカにしたような響きだったら、私は怒って席を立ってしまっただろう。だが彼の声は意外にもそうではなく、どちらかといえば不思議と優しく聞こえた。そのせいで私は怒るタイミングを外してしまう。

「……あ……」

どう言っていいのか解らなくて動揺するのに、彼は平然と言う。

「そろそろ食べてみればどうだ？」

私はそこで自分がスプーンを構えたままであることに気づき、それから慌ててそれを口に運んでみる。それはあっさりした見かけに似合わない、深いコクのあるお粥だった。味はごく薄い塩味だけなのに、口に入れたとたんに上質の鶏肉の香りが口いっぱいに広がる。まるで濃厚なスープのように深い。

「……おい、しい……！」

私は思わず呟《つぶや》き、表面を薄くすくうようにして二口目を夢中で食べる。

「うん、本当に美味《おい》しい！」

私は感動してしまいながら叫び……タキシードに似たお仕着せを着た男性が近くに来ていて、目を丸くしたことに気づいて一人で赤くなる。

「どうもありがとうございます。褒めていただいて光栄です、相模《さがみ》様」

「えっ？」

名前を呼ばれたことに驚いて、思わず久世の顔を見てしまう。

……もしかして、私がライバルホテルの人間だってバラしたのか？

男性はにっこり笑って名刺を取り出し、私に差し出す。

「マンダリン・オリエント・ホテル総支配人の太田《おおた》と申します」

「あ、ご丁寧にありがとうございます」

私は緊張しながら立ち上がって名刺を受け取る。そして自分がバスローブ一枚の格好であることに気づいてさらに赤くなる。

「申し訳ありません。名刺を持ってきていなくて……」

「いえ、朝食の席に無粋なことをして申し訳ありません。久世《くぜ》様からちゃんとお聞きしておりますので。帝都ホテルの相模様がプールにご一緒なさると。それに……」

彼は楽しそうに笑って、

「あなたのお顔は以前から存じ上げております。うちのホテルにもファンが多いんですよ。

帝都ホテルの顔、ドアマンの白い制服を着たあなたはとても素敵だと」

「ええっ？　私の制服の色までどうして知っているんですか？」

……もしかして密かに帝都ホテルに来ているとか？　でも彼の顔には見覚えがない。

「あなたのお顔は何度も業界誌で取り上げられていますから。先月号の『ザ・ホテル』の帝都ホテルの特集記事にも、あなたの大きなグラビアが載っていたし」

ホテルの特集といわれればもちろん撮影から逃げることはできないのだが……ゲストの迷惑も顧みず、ノリノリで写真を撮りまくるカメラマンに引いた覚えがある。しかもグラビアが大きすぎてとても恥ずかしかったことも。

「す、すみません。別にスパイするつもりで来たわけじゃないんですけど……」

私が言うと、支配人は楽しそうに笑って、

「そんなことは心配していませんよ。このマンダリン・オリエント・ホテルと帝都ホテルではもともとコンセプトがまったく違いますし。何かのご参考になれば嬉しいですが。それに、うちの従業員もリサーチに帝都ホテルに行かせてもらっていますのでおあいこです」

「そう……なんですか？」

「私は顔が知られているので残念ながら行けませんが。シーズンごとに行っているフェアの企画は大変なので、企画部の人間はお邪魔していますよ。どのホテルでも同じです」

「シーズンごとのフェア？　レストランなどでやっている『苺《いちご》フェア』とかそういう？」

「苺？　そうですね。うちのホテルはもう少し違うことをしていますが」

彼は楽しそうに言い、それから、

「お食事中にお時間をとらせてしまってすみませんでした。それではごゆっくり」

「いえ、わざわざご挨拶《あいさつ》をありがとうございました」

私は言って踵《きびす》を返す彼の後ろ姿を見送り……それからハッとする。

「そうだ、フェアに関しても考えなくてはいけないですよね。集客には必要なことです」

「支配人が君を買っていた理由がよくわかるな。なかなか頼りになる。……今まで帝都ホテルが行ってきたフェアについて教えてくれないか？」

「特に珍しいことはしていなかった気がします。季節に合わせて、春の苺フェア、バレンタインのチョコレートフェア、夏のカレーフェア、秋の栗フェア……」

私は言葉を切り、それから少し考える。

「……というか、こんなフェアしかやっていないのって、それ自体が問題かも」

「では、改善しよう。私が満足いくような企画を立てて持ってくれれば、検討する」

「わかりました。ミーティングで話し合って、いろいろ企画を立ててみます」

私が言うと、彼は満足げに微笑んでうなずいてくれる。その笑みに、鼓動が速くなる。

……ヤバい、なんだか彼の下で働くのが楽しくなってきたかもしれない。

久世柾貴《まさたか》

帝都ホテル本館一階にあるメインカフェ『フローリアン』は、大きな温室を思わせるようなドーム型のガラスの天井を持つ、都内ではとても珍しい建築だ。ガラスは何度か交換されているようだが、マルコ・スフォルツォがデザインした当時のオリジナルのまま残されている場所だ。

ガラス張りの建物だと温度がとても変化しやすいのだが、空気がうまく循環するように計算されたスフォルツォの優れたデザインと、最新の遮光ガラスを使っているために、日差しが強くなってきた初夏の今でも、気温は心地よく保たれている。

カフェの中には、この帝都ホテルのシンボルツリーといえる本物の巨大な桜の樹がある。スフォルツォ本人と初代のオーナーの手で植えられたそれは、プロフェッショナルの手で完璧に管理されている。春には美しい花を咲かせ、世界中のゲストを喜ばせる。今は美しい若緑色の葉が茂り、葉を通して差し込む日差しがとても気持ちがいい。カフェ全体にふわりと漂う桜の葉の香りが、ここで飲む素晴らしいコーヒーの味をさらに引き立てる。

私がいるのは、ゲストがお茶を楽しんでいる場所からパーティションで仕切られた場所。ちょっとした会合にも使えるように半個室になった場所だ。

「とりあえず、今までに開かれてきたフェアはこんな感じです」

言ってテーブルの上の資料を閉じたのは、彰弘《あきひろ》だ。それから新しいコピーの束を私の前に置きながら言う。

「フェアに関しては、各レストラン、宴会スペースのメンバーもいろいろとアイディアをあたためていたみたいで、ちょっとアンケートをとっただけでもこんなに集まりました」

フェアに関する提案をしたのは、今朝のことだ。彰弘は朝のミーティングでそのことを呼びかけ、ほかのメンバーは各自の手の空いた時間を利用して彰弘にさまざまな提案を伝えたようだ。彰弘はランチの時間を利用してこの資料をまとめ、三時の休憩である今、このカフェに私を呼びだしたのだ。

「中庭に蛍を放し、縁台でハモなどの夏の味覚を味わう『蛍の夕べ』、中庭のバラ園にカフェテーブルを並べ、バラをテーマにしたお菓子を各店で工夫する『初夏のバラフェア』、ホテル内のエステティックサロンと提携した『アジアンフェア』。アジアンマッサージと身体にいいエスニックフードを組み合わせたものですね。あとは普段一般客は入れない本館の一部を探検できる『ミステリーツアー』などもあります。このホテルが舞台になった推理小説がいくつかあるので、それと絡めてもいいのでは、という意見も出ていますね」

そのあまりの仕事の早さと、まとめられた資料の解りやすさに、同行してきた本社の秘書室長も目を丸くしている。

長いテーブルについているのは、彰弘、それに各レストランのグランシェフ、パティシエ、ソムリエたち。彼らは次々に自分の店が企画したフェアについて熱心に説明した。それはとても詳細で、彼らがさまざまなことを心の中であたためてきたことが伝わってくる。

……発表の機会がなかっただけで、素晴らしい企画力を持ったメンバーかもしれない。

……何よりも、ゲストに喜んでもらいたいというこの熱意は、ホテルにはなくてはならないものだ。そして……。

私は、自分が考えたホテル全体のフェアについて説明する彰弘の顔を見つめながら思う。

……彼らがこれだけの提案をできたのは、まずは彰弘の熱意と、その隠されていた指導力によるものだろうな。

私の胸が、ジワリと熱くなる。

……彼は麗しいだけでなく、右腕としても本当に逸材かもしれない。

相模彰弘

その夜、寝る前に、彼は私にまたキスをした。

そのキスの深さに私の身体が熱くなってしまい、それはずっと収まらなくて……。

彼が眠ったのを確かめて、私はシャワールームに飛び込む。

「チクショ、あんなキスをするから、変な気持ちになったじゃないか」

……オレ、実は欲求不満だったのか？

後ろめたく思いながら急いで放出しようとした私は、あの男の顔が脳裏をよぎったことに驚いてしまう。その瞬間、イキそうなほどの快感を覚えてしまったことにも。

……ああ、いったいどうして……？

「……うう、ん……っ」

私の咽喉《いんこう》からこらえきれない喘《あえ》ぎが漏《も》れた。

「大丈夫か？　苦しそうな声が聞こえたが」

ドアの向こうからいきなり聞こえた声に、私は硬直する。

「気分でも悪いのか？　開けるぞ」

心配そうな声がしていきなりバスルームのドアが開き、私はそのままの格好で固まった。私はいちおうシャワーブースに入っていたが、ガラス製なので丸見えだ。さっきまでシャワーを出していたので湯気は充満しているけれど、やはり何をしているかは一目瞭然《いちもくりょうぜん》だろう。

入ってきた彼も、そのままの格好で固まってしまう。呆然《ぼうぜん》とした彼の視線が私の裸の身体を滑り、両手で握り締められた屹立《きつりつ》に下りる。それに気づいて、私は真っ赤になる。

……なんてことだ、自分でしているところをよりによってこんな男に……！

「なるほど、悪かったな」

彼がため息交じりの声で言う。ガキは仕方ないな、とでも言いたそうな声に、私はムキになって叫ぶ。

「こんなところでしたことは謝ります！　ですが、同居しろと言ったのはあなたですよ？」

自分がとんでもなく情けない格好をしているのは承知しているのだが、私は怒りと恥ずかしさのあまり言わずにはいられなかった。

「私は健康な成人男子です。彼女のいない身としては、こういう生理的欲求が定期的に起きるのは仕方がないことで……」

「彼女がいない？」

彼は驚いた顔で、いきなり私の言葉を遮った。

「本当か？」

「え？　ええ……」

私は、なんでそんなところにこだわるんだろう？　と思いながら答える。

「前支配人から、君はフロントサービスにいる金井《かない》さんのことが好きなのではないかと聞いたが？」

私は、彼と前支配人がそんなプライベートな話をしていることに驚きながら、

「たしかに支配人もみんなもそんなふうに誤解してたみたいですね。金井さんから告白はされたのは本当ですが、きっちりとお断りしましたから」

私は、こんな間抜けな格好で何を話しているんだろう、と思いながら言う。

「そんなことよりも……」

出て行ってくれ、と言おうとした私の言葉を彼がまた遮った。

「彼女は美人じゃないか。なぜ？」

「ホテル内恋愛は私の趣味ではないし、美人なら誰でもいいというわけではありませんから。……そんなことよりも、出て行ってくれませんか？」

両手で隠した屹立が、ズキズキと脈打っている。私の欲望は、萎《な》えるどころか、なぜかどんどん熱さを増していた。

……こんなふうに男と話していれば、萎えて当然のはずだ。なのに……。

覆っている手のひらがほんの少し動くだけで達してしまいそうなほどに、私の屹立は硬く反り返っていた。

……ああ、どうしてこんなふうになるんだ……？

「バスルームを汚されるのが気に入らないですか？　それならすぐにトイレに移動します。だから出て行ってください」

彼は私の言葉を無視するかのようにその場に立ったまま、何も言わずに真《ま》っ直《す》ぐに私に視線を合わせてくる。

淫《みだ》らな欲望など微塵《みじん》も感じさせないような、その高貴な顔立ち。感情の読めない漆黒の瞳に見つめられていると、身体が微《かす》かに震えてくるのを感じる。

剥《む》き出しになった乳首が、なぜかキュッと硬く立ち上がっている。そして屹立はどんどん熱くなるようで……。

……ああ、もう出て行ってくれ……！

私は呼吸を乱してしまいながら、彼を睨《にら》み上げる。

……なぜかわからない。でも、今すぐに熱を放出してしまいたい……！

彼は私をしばらく見つめ、それから深いため息をつく。

「恋人がいるのだと思って遠慮していた。そうでないと聞いて安心した」

「……は？」

出て行って欲しい、としか思っていなかった私は、彼の言葉がとっさに理解できない。

……遠慮？　安心？　なんのことだ？

「それなら、キスだけで我慢することはないわけだ」

「え？」

彼が言い、ふいに上着を脱ぐ。彼の行動が理解できない私は、それを呆然と見つめる。

……彼は、何をしようとしているんだ？

彼が着ていたパジャマのボタンを外していくのを見て、私は愕然《がくぜん》とする。

「ちょっと待ってください。いったい何を……」

「シャワーを浴びる」

彼が平然と言い、パジャマの上下を脱ぎ捨てる。そこから現れた逞《たくま》しい上半身に、なぜかドキリとする。そのまま何の躊躇《ちゅうちょ》もなく下着に手をかけられて、私は思わず目をそらす。

「……あ……っ」

しかし、黒いボクサーショーツ一つの彼の身体の彫刻のような美しさは、私の脳裏に焼きついてしまい……。

両手で隠した屹立が、ドクドクと脈打っている。

……ああ、いくら顔がハンサムで、その身体が逞しいからと言って、彼は男だぞ？　それを見てどうしてここをこんなに硬くしなきゃならないんだ？

彼がボクサーショーツを脱ぎ捨てたのが視界の隅に入り、私は慌ててガラスのドアを開き、シャワーブースから出る。

「わかりました！　私はすぐに出ますので！」

そのまま彼の脇《わき》をすり抜けようとした私は、彼に腕を摑《つか》まれてまたシャワーブースの中に押し込められてしまう。

「そんな状態では、もう我慢できないだろう？」

両手を顔の脇について逃げられないようにし、彼が私を間近に覗《のぞ》き込む。

「その手を外しなさい」

囁《ささや》かれて、私は必死でかぶりを振る。

「嫌です」

「私の言うことを聞かないなんて。なんて反抗的なドアマンなんだろう」

彼の手が、いきなり私の裸の腰を引き寄せる。

「……あっ」

そしてそのまま、深いキスをされる。

どこか紳士的だった今までのキスとは比べ物にならないような熱烈なキス。

押し付けられた逞しい身体が、シャワーのお湯で滑ってとんでもなくセクシーな感触だ。

「……あ……っ」

思わず力の抜けた私の手の隙間《すきま》から彼の手が進入し、私の屹立をクチュッと扱《しご》き上げた。

「……うわ……っ！」

私は、それだけでいきなりイッてしまう。顎《あご》をぬらすほど勢いよく迸《ほとばし》ってしまったそれに、愕然とする。

……溜《た》まっていたとはいえ、これは早過ぎないか？

「よほど我慢していたようだ。たった一度擦《こす》っただけで出してしまい、さらに……」

彼は囁き、私が反論する前に私の屹立をキュッと扱き上げる。

「……うっ！」

身体を走る甘い感覚に、私は思わず息を呑《の》む。

「まだこんなに熱い」

クチュクチュと音を立てて扱き上げられて、私はあまりの快感に身体を震わせてしまう。

「……やめてください……そんなにされたら、痛い……」

私の唇から、かすれた声が勝手に漏れた。

「痛い？　それなら」

彼が備え付けのバスソープを手の中に出す。このホテルオリジナルのバスソープはジャスミンと緑の葉が混ざったようなとても芳《かぐわ》しい香りのもの。常連客にも好評だ。

一歩近づかれて、彼のコロンがフワリと鼻孔をくすぐる。爽やかな柑橘《かんきつ》類にムスクの混ざる芳香がバスソープの香りに混ざって……気が遠くなりそうにセクシーなイメージになる。

「……あ……」

鼓動がどんどん速くなる。彼の美しい両手がバスソープにまみれ、ゆっくりと泡を立てる様子はなぜかとても淫靡《いんび》で、思わず唾を呑む。

……ああ、どうしてこんなに発情しているんだ、私は……？

ヌルヌルになった泡まみれの手が、私の両肩に置かれる。思わず喘いだ瞬間、その両手が身体の上を滑り下りてくる。

「……アアッ」

両手の指先で両方の乳首を摘《つま》み上げられて、私は思わず声を上げる。

「……んん……っ」

ゆっくりと両方の乳首を揉《も》み込まれ、あまりの快感に思わず腰がヒクリと揺れてしまう。

「……くっ……うう……っ」

「いやらしいな。自分から腰を動かすなんて」

彼は私の耳に囁きを吹き込んでくる。耳たぶをそっと噛《か》まれて、私の屹立がビクンと跳ね上がって……。

「あっ！」

屹立が硬いものにぶつかったことに気づいて、私は思わず声を上げる。私の側面は、とて

も熱い何かに触れていて……。

「……え……？」

私は思わず身体を見下ろし、そして自分の屹立と、とても逞しい彼の屹立とがしっかりと交差しているのを見て、思わず目を閉じる。

……ああ……。

一瞬だけ見た彼の欲望は、私にコンプレックスを感じさせるほどに逞しく、しっかりと勃《た》ち上がっていた。触れあった接点をますます熱く感じながら、私は思わず喘ぐ。

……完璧にスマートで、こんなにクールに見えるこの男が、こんなにも欲情することがあるなんて。

「シャワールームで、誰かとマスターベーションをし合ったことは？」

囁きながら屹立の先端をそっと撫《な》でられて、全身に怖いほどの快感が走る。

「……ああ……く……っ」

喘ぎを押し殺すために必死で唇を噛むが、身体は敏感に反応し、先走りの蜜《みつ》がドクンと漏れてしまう。

「そんなこと……したことないです」

「それなら、この美しい屹立にこうして触れるのは、私が初めてなんだな？」

先走りが溢《あふ》れたせいで、私の先端はますますヌルヌルと滑りやすくなってしまっている。

その上に責め苛《さいな》むようにゆっくりと円を描かれて、私は必死で射精感をこらえる。

……ああ、どうしてこんなにイイんだろう？　今にもイッてしまいそうだ。

「女性とセックスしたことがあるか、まずはそれを聞くべきじゃないんですか？」

私は、いきなり放ってしまわないように必死で言葉を紡ぐ。息が弾み、声がかすれてしまっているところがとても情けない。

「たしかにそうだ。君は美形だし、きっと女性にもモテるだろうな。だが……」

言葉に合わせて彼の屹立がわずかに揺れる。触れている部分が微かに擦れ合って、そこからトロトロに蕩《とろ》けてしまいそうだ。

「なぜか君が女性を抱いているところは想像できない」

彼の指先が私の屹立の張りつめた先端に、ゆっくりとバスソープをなすりつける。

「……く、うう……っ」

「男に抱かれて感じている姿は想像できるけれど」

「それは……私がゲイだってことですか？」

「それはわからない。だが……」

彼は身を屈《かが》めて、息を弾ませている私の唇にそっとキスをする。

「そうであってくれと願うよ」

囁き、そしてまたキス。ゆっくりと扱き上げられながら舌を入れられ、唇を舐《な》め上げられて、私は抵抗できずに喘ぐことしかできない。

「……ん……ああ……」

触れあった唇。我慢できない喘ぎが唇から漏れ、彼は微かに笑う。

「君は本当に色っぽい声をしている。聞いているだけでおかしくなりそうだ」

彼の声はいつもとほとんど変わらない美声だったけれど、わずかに苦しげだった。

側面が触れている彼の欲望はしっかりとして硬く、萎える様子など微塵もない。彼の熱さを、私はますます意識してしまう。

「あなたもしたらどうですか？」

私のかすれた声が湯気の中に響く。

「すごく硬くなってる。苦しそうだ」

彼は可笑《おか》しそうにクスリと笑い、

「私はいい。君がイク顔が見たい」

……もしかして私だけをイかせて、イッた後の情けない顔を見ようとしている？

私の中に怒りのようなものが湧《わ》き上がってくる。

……そうはさせるか！

私は深呼吸してから、思い切って彼の屹立を手の中に握り込む。

「え？」

彼はとても驚いた顔をして私を見下ろす。私は、自分のものとは比べ物にならない彼の質量と、その熱さに一瞬たじろぎ……負けてたまるか、と思いながらそれを扱き上げる。

「イクならあなたも一緒だ」

私が言うと、彼は可笑しそうにクスリと笑う。

「負けず嫌いだな。そんなところも悪くない」

私の背中がシャワーブースのガラスの壁に押し付けられる。彼の手が、私の屹立と彼の屹立を一つにして握り込む。そして私の手を添えさせたままキュッと扱き上げる。

「……ああっ！」

泡のヌルヌルとした感触だけでなく、しっかりと重なった彼の熱さに、私は思わず声を上げる。

「私と一緒にイクと言ったな？」

彼が囁きながら、容赦なく屹立を愛撫《あいぶ》する。

「先にイッたらお仕置きだ」

「……そんな……アアッ！」

彼の手は緩急をつけて側面を扱き上げ、その合間に、指先を動かして戯《たわむ》れのように私の先端にヌルヌルと円を描く。

「……アアッ……！」

バスソープが、彼と私の手の中で淫らに泡立つ。自分の屹立に、彼の張り詰めた欲望がしっかりと押しつけられ、ヌルヌルと擦れる感覚は、気絶しそうに淫靡で……。

「……くうっ」

私は唇を噛んで射精感を必死でこらえ、彼をイカせようとして自分も必死で手を動かす。

彼が小さく息を呑んだことに気づく。

「気持ちがいいですか？　私も男だし、気持ちのいい場所ならよくわかってますから」

私が言うと、彼は意地の悪い顔で微笑み、それから私の耳元に口を近づける。

「悪い子だ。だが、君はもう我慢できないはずだ」

ひときわ速く、激しく、彼の手が二人の屹立を扱き上げ始める。

彼の手のひらと屹立が擦れ、白い泡が盛り上がり、それが床にトロトロと落ちる。グチュン、グチュン、という淫らな音が、鼓膜から入って欲望を刺激する。

「……アア……待って、そんなに動かしたら……アア……ッ！」

「待てない。君はもう一回達している。ハンデはあげているはずだ」

「……ダメ……ああ、ああっ！」

「君の負けだよ、彰弘」

耳にセクシーな低い声を吹き込まれ、私の目の前が白くなり……。

「ああっ！」

彼の手がひときわ強く扱いた瞬間、私の屹立の先端から、ビュクッと欲望の蜜が迸ってしまう。二度目だというのに驚くほどの勢いで蜜は飛び、私と彼の身体を白く濡らしてしまう。

「……ああ……っ」

蕩けそうな快感に、このまま座り込んで眠ってしまいたい。でも彼はそれを許さずに私の腰をしっかりと抱き寄せ、そのまま容赦なく扱き上げる。

私の放った蜜がバスソープと混ざり、彼と私の屹立をヌルヌルとした泡で覆う。あまりの羞恥《しゅうち》にもうおかしくなりそうで……。

「……お願いです。もう許してください……っ！」

「先にイッたらお仕置きだ。そう言っただろう？」

彼は意地悪く囁き、二人の屹立を容赦なく愛撫する。そして……。

押し付けられた身体。彼の鍛えられた腹筋がビクリと収縮する。彼は、どこかが激しく痛んだかのように眉《まゆ》を寄せ、そして……。

手の中で、彼の反り返った屹立がビクリと震え、熱い欲望の蜜が、ドクン、ドクン！　と激しく迸った。それは、私の頬《ほお》や唇まで濡らすほどに勢いよく飛んで……。

彼は、止めていた息を長いため息のようにして吐き出す。それがとんでもなくセクシーに聞こえて、私の心が甘く痛む。

……彼はいつも、こんなふうに激しくマスターベーションをするのだろうか？

思った瞬間、私の身体を激しい電流が貫いた。快楽の余韻に屹立の先端から、トクン、と蜜の残りがさらに搾り出された。

「……ああ……っ」

放ちながら震える私に、彼が顔をそっと近づける。私の唇を濡らした蜜をそっと舌で舐めとり、そのまま深いキスをされる。不思議な香りと微かな苦みが口腔《こうこう》に広がり、私は自分が男の欲望の蜜の味を生まれて初めて知ってしまったことを自覚する。

……なんてことだ……。

それは、私にとってはあまりにも衝撃的なことだった。男とこんな淫らなことをしてしまったことはもちろんだが……それよりも、それを快感と感じてしまっている自分がショックだった。

私の身体を蕩けさせているのは、今まで自分の手で得ていたものとは比べ物にならないほどの快感で……男の、しかも憎らしい彼の手でこんなに興奮したことが、私はとてもショックだった。

快感と疲れと熱さに呆然とする私の身体が、彼の手で綺麗に洗われる。タオルで身体を拭《ぬぐ》われ、ベッドまで抱いていかれて、私はそのまま眠りに引きずり込まれそうになる。

「うちのホテルのバスタオル、もっと柔らかくてもいいかもしれません」

思わず呟いた私に彼は可笑しそうに笑う。

「君は生粋《きっすい》のホテルマンだな。本当にいい右腕だよ」

深いキスをされて、私はそのまま意識を手放した。

＊

次の日の朝礼の後。

私は新しい支配人の伊達《だて》氏と、前からいる副支配人の佐野《さの》さんに、話しかける。

「あの……」

前からいる佐野さんはともかく、伊達支配人はとても鋭い目で私を振り返ってきて、一瞬たじろいでしまう。

「何か？」

伊達支配人に言われて私は咳払《せきばら》いをする。

……いくら顔が怖いからってビビッていてどうするんだ？　そんなことじゃホテルをよくすることはできないじゃないか！

「このホテルのタオルの件で提案があるのですが」

「タオル？　ああ、そういえば君はゲストルームに宿泊しているんだったね。何か気づいた？」

佐野さんが言ってくれて、私はホッとしながら、

「ええ。ゲストルームのタオルがごわごわと硬い気がするんです。クリーニングのせいではなくて使用しているタオルの種類がよくないのではないかと」

「タオルの種類というと？」

伊達支配人は鋭い目で言う。とりあえず一言だけでも言えてホッとした私は、

「オーナーのご厚意でマンダリン・オリエント・ホテルのジムに行かせていただきました。そこで気づいたんです。あのホテルではプールサイドに置かれているタオルですらとても上質なものを使っています。うちのホテルのバスルームに置かれているものよりもずっと肌触りがいい。そして肌触りのいいタオルを使うと、本当にリッチな気持ちになれるんだ、と気づきました」

「へえ、マンダリン・オリエント・ホテルのプールに？　評判は聞くけれどどうだった？」

佐野さんが興味深げに身を乗り出してくる。私はあのプールとジャクジーを思い出しながら、

「ええ。とても素晴らしかったです。プールはきちんと六コースあるものだったし、海を見渡せるガーデンテラスにジャクジーもありましたし」

「オーナーと二人で行ったんだよね？　楽しかった？」

佐野さんはなぜかとても熱心に私に言ってくる。その目がどこか怒っているように見えて、

私は少しドキリとする。

……前からいるメンバーたちは、オーナーの横暴さに対抗するためにいろいろ頑張っているんだよな。一緒に行動することがバレたら、あまりよくないんだろうな。

「いえ、楽しむためとかではなく、勉強のためですから」

「そうだよね」

佐野さんはホッとしたようにため息をつき、それから可笑しそうに笑って、

「あのオーナーと二人では、あまり楽しいという雰囲気ではないかもしれないね」

「ええ、まあ」

私は答えながらつい伊達支配人の方を見てしまう。彼はまったくの無表情だけど、ずっと仕えてきたのであろう久世の悪口を言われたら気分がよくないかもしれない。私の視線に気づいたのか、佐野さんが慌てたように、

「ああ、すみません、伊達支配人。別に悪口ではないんですよ」

「わかっています」

伊達支配人は短く答え、それから私に向き直る。

「タオルの件は、あなたにお任せしましょう。予算の件はまたのちのち検討するとして、まずは業者や店舗からサンプルとしてタオルを取り寄せていただけませんか？」

その言葉に私は驚いてしまう。

「ドアマンの私がですか？」

「面倒ですか？」

その言葉に私は慌ててかぶりを振る。

「いえ、嬉しいです。ぜひやらせてください」

伊達支配人は満足げにうなずいて、

「わからない点はオーナーに相談なさってください。あの方はホテルに関する専門家ですからきっとアドバイスをくださると思います」

言ってあっさりと踵を返す。佐野さんは私の耳に口を近づけて、

「何か困ったことがあったら私にも相談してくれていいから」

小声で囁いてから、さっさと歩きだした伊達支配人の後を追う。私は二人の後ろ姿を見送りながら、心の中で拳を握り締める。

……ホテルをよくするために、一歩前進かもしれない！　あの男に一泡吹かせるためにも頑張らないと！

「しかし……」

私は呟いて、小さくため息をつく。

任せてもらえたのは嬉しいが、私はそういう業者には詳しくない。タオルやリネンなどは出入りの業者に任せきりにしていたはずで、支配人が直接かけあっていたはずだ。

「ともかく、資料を探してみるか」

私は言って、ホテル内のクリーニングを請け負っている部署に向かう。そこの責任者ならリネン類に関しては専門家のはずだ。

晴れの場であるホテルにはとっておきの高価な服を持ち込む宿泊客が少なくないし、パーティーでそれを汚してしまう場合が多い。あまり知られていないようだが、クリーニングに高い技術を持っていることが、一流のホテルの証《あかし》とも言われるほどだ。

このホテルのクリーニング室は、地下一階にある。エレベーターを下りると、大きなガラスのドアがある。その向こうは賑《にぎ》やかな機械音と、もうもうたる湯気に包まれた空間だ。ここには大型のボイラーを始めとする本格的なクリーニング設備が揃《そろ》っていて、専門のスタッフが常駐している。天井の高い明るい空間なので閉塞《へいそく》感はないが、ホテルの地下にまるで工場のようなこんな部屋があるのを見るといつも不思議な気がする。

「ああっ、相模さんだ！」

「本当だ！」

揃いの作業服を着てカートから洗濯物を取り出していた若いスタッフたちが、ガラスのドアを開けて中に入った私を見て驚きの声を上げる。私は広いクリーニング室を見渡して、責任者を捜しながら言う。

「仕事の邪魔をしてすみません。常田《つねだ》さんに用事があるのですが」

「事務室にいるのでご案内します！」

スタッフの一人が飛んできて、私の前に立って歩きだす。スタッフたちの間から、ずるいぞ、という声が上がる。大学を出たばかり、という感じの若い彼は、頬を染めながら私を振り返る。

「憧《あこが》れの相模さんがクリーニング室にいらっしゃるなんて。朝礼でお顔だけはいつも拝見してるから、ファンはいっぱいいるんですよ」

「クリーニングの部署には、いつもお世話になっています。私の制服は白なので、車の泥はねなどで常田さんに泣きつくこともしょっちゅうだし。ダークな色なら少しの汚れは目立たないんですけどね」

「相模さんは純白の制服じゃないとダメですよ！　お客様だけじゃなくて、ホテルのスタッフたちの憧れでもあるんですから！　まるでお伽噺《とぎばなし》に出てくる凛々《りり》しい王子様みたいだって、女性スタッフは夢中ですよ」

彼はイタズラっぽく笑って言う。

「いつかはあなたの制服にアイロンをかけさせてもらえる腕を持った技術者になりたいっていうのが、若いスタッフの目標でもあるんです。飾りボタンや金モールがあって複雑だから、常田さん以外のスタッフは触らせてもらえませんしね」

「すぐに汚れるからしょっちゅうクリーニングを頼むし、面倒な仕事を頼んで迷惑になっているかといつも気がかりだったんだけど」

「まさか。憧れの相模さんの制服がクリーニングに回ってくるたびに僕らドキドキするんですから。遠慮なんかしないで思い切りクリーニングを利用してくださいね」

彼は楽しそうに言い、事務室のドアをノックする。

「失礼しまーす。常田部長、相模さんが……」

言いながらドアを開くと……。

「こんないい加減な仕上げをしたものを、お客様にお渡しできるわけがないだろう！　おまえはホテルの名前に傷を付ける気かっ？」

いきなり怒鳴り声が響き、私とスタッフは驚いて立ち止まる。

「すみませんでしたあ！」

「何が悪かったのかわかってるのか？　言ってみろ！」

「いえ、その……」

若いスタッフが困っている。事務机の向こう側ではこの部署の部長、常田さんが顔を真っ赤にして怒っている。彼の手には仕上がったばかりらしいワイシャツがある。

「おお、相模君！」

常田さんが言って、事務机を回りこんで私に近づいてくる。私の目の前にワイシャツを広げて見せて、

「見てくれよ！　こんな仕上げをしたものが、このホテルで通用するわけがないだろう？」

私は、常田さんのいつもの頑固オヤジっぷりに苦笑しながら、ワイシャツに目を落とす。そして皺《しわ》でも寄っているのかと思いながらワイシャツを見回す。しかしワイシャツは糊《のり》がきいてパリッと仕上がっていて、とても綺麗《きれい》な仕上がりに見える。襟にも皺一つないし、袖《そで》のカフスも綺麗に仕上がってると思う。

「すみません、私にはとてもいい出来に見えますが。皺も寄っていませんし」

「ああ～、相模君までそんなことを言うなんて！　皺が寄ってなきゃいいってもんじゃないだろうに！」

常田さんの言葉に、私はハッとする。指先でそっとワイシャツに触れてみる。

「もしかして、糊のつけすぎですか？」

手の甲でそっと撫でてみると、手触りが悪いことがよく解《わか》る。

「見た目はとても綺麗な仕上がりだけれど、こんなふうにきつく糊をきかせたら、ごわついて一日中着心地が悪いだろうな」

私の言葉に、常田さんは満足げにうなずく。

「そのとおり。さすが相模君」

言ってからワイシャツをスタッフに突き出して、

「わかったらやりなおし！　アイロンに自信がないからって糊でごまかすな！」

「はいっ！　すみませんでした！」

若いスタッフは頭を下げてワイシャツを受け取り、事務室を飛び出していく。私は彼の後ろ姿を見送り、思わず微笑んでしまう。

「相変わらず、厳しく育てていますね」

「当然だよ。ここはお客様の大切な衣類をお預かりする部署だからね」

常田さんは胸を張って、

「このホテルのランドリーで一度働けば、今後世界のどんなホテルに行っても恥ずかしくない。そのくらいの気概を持って新人は育てないと」

「さすがです。……ところで、相談したいことがあるのですが」

私が言うと、彼は慌てたように椅子から立ち上がる。心配そうに私の身体を見回して、

「なにがあった？　制服のどこかに泥染みでもつけたのかな？　それともほつれ？　君はこのホテルの顔なんだから、ほんの少しの服装の乱れも許されないんだよ？」

「いえ、ちゃんと気をつけています。今日はそうではないんです」

私が言うと彼はやっとホッとしたように私の前に立つ。自分の作品を確認するベテランのクチュリエのような顔つきで、私の身体を上から下まで眺める。

「たしかに、いつもながら完璧だよ。……私に相談って？」

「ホテルの備え付けのタオルについてなんですが」

私が言うと、彼は、ああ、と何かに覚えがあるようにうなずいて、

「今は、使い心地よりも耐久性を考えたタオルを使っているからね。クリーニングもまとめて業者に頼んでしまっているし」

彼は言って不満そうな顔になる。

「このランドリーにはきちんとした設備も技術者もいる。リネン類だけでなくタオルのクリーニングもじゅうぶんに行えるんだが」

「そうなんですか？」

「もちろん可能だよ。あんな腕の悪い業者に頼むのに高い金を払っているのはもったいない。しかも彼らにも扱えるように耐久性のあるタオルをどうしても選ぶことになってしまう。レンタルだとさらに質は落ちるしねえ」

彼はため息をつきながら、部屋の隅に置いてあった事務用椅子を私のために持ってきてくれる。それを私に薦めてから自分の席に戻って座る。私は事務用椅子に座りながら、

「今頼んでいるタオル業者に、もっとランクが上のものも置いてありますか？」

「いや。多少のランクの違いはあれど、今とはほとんど代わり映えしないものしか扱っていないだろうなあ」

「じゃあ、探さなくちゃいけないんだろうなあ」

私の呟きに、彼は嬉しそうな顔をして、

「上等なタオルはそれだけ長持ちするから、後々はコストダウンになると思うよ。うちの技術ならいつでも真っ白でフカフカのタオルを提供することができるしね」

彼の言葉に、私は深くうなずく。

「ありがとうございます。とても参考になりました」

私は言って、ランドリールームを後にする。

……今まで使っていた業者のタオルで、ほかのホテルとの差別化を図るのは無理だろう。かと言って、ほかに詳しい人に心当たりはない。

私は思い、ため息をつく。

……副支配人が知っていればいいのだけれど昔から副支配人はお金関連の方を担当している。さっき何も言わなかったところを見るとあまり詳しくはないのだろうし……。

「……シャワーの後に上等のタオルを使えれば、それだけで本当にリッチで幸せな気分になれると思ったんだけど……」

私は呟き、そしてふいに、昨夜バスルームで起きたことを鮮やかに思い出してしまう。

シャワールームに響いていた二人の呼吸、触れ合う肌と肌。私を翻弄《ほんろう》した彼の美しい指、

「……う……っ」

そして私の屹立に押し付けられていた、彼の熱く逞しい屹立。

ホテル自慢のボディーソープは芳しく、わずかに香った彼のコロンと混ざって私の意識を

白くした。私は何も解らなくなって彼に向かって放ち、そして彼もその熱い欲望で私の肌を濡らし……。

「……くそっ、なんなんだよっ！」

私は呟いてかぶりを振り、慌ててそれを頭の中から追い出す。昨夜の怖いほどの快感を思い出しただけで、脚の間が蕩けそうに熱くなってきたからだ。

……要するに、溜まったから出しただけじゃないか！

私は廊下を歩きながら必死で自分に言い聞かせる。

……たまたまあいつが入ってきて、面白半分に触った。自分でするより人の手でされたほうが気持ちよかった、それだけだ！

だが、彼に与えられた怖いほどの快感と、その後の蕩けそうな陶酔を私の身体はしっかりと覚えている。そして滑《なめ》らかな彼の肌に触れ、その指先で巧みに愛撫された後の身体には、このホテルのタオルはあまりにも肌触りが悪かったことも。

「彰弘」

後ろから呼ばれた声に、私はギクリと立ち止まる。

……この声は……！

恐る恐る振り返ると、そこに立っていたのは久世だった。アタッシェケースを下げているところを見ると本社から直接ここに来たのだろう。

「お疲れ様です。本社での会議はもう終わったんですか？」

「ああ。そして夕方の会議まで少し時間があるから寄ってみたんだ。タオルの件は会議にかけてみた？」

「はい。支配人も副支配人も了承してくれました。まずはサンプルを取り寄せてくれということでした」

「サンプルを取り寄せる業者に、心当たりは？」

言われて、私は思わずため息をつく。

「言いだしておいてこんなことを言うのは恥ずかしいんですが……今まで、リネン類は専門の業者から購入していました。でも、そこにはほかのホテルと差別化できるようないい品質のものは置いていなさそうで困っています」

「それならいい店がある。珍しい素材のものを取り寄せているタオルの輸入業者で、店舗も持っている」

「本当ですか？　ぜひ教えてください！　お願いします！」

私が懇願すると、彼は小さく微笑んで、声を落として言う。

「教えたらどんなお礼がもらえるのかな？」

「えっ？」

かすかにひそめられた声はなぜか妙にセクシーで、心臓がドキリと跳ね上がる。私は彼を

見上げて、

「お礼……というと……？」

緊張のあまり、声がかすれる。

……まさか、昨夜のようなこと、もしくはもっと過激なことを無理やりに要求されるんじゃないだろうか？　この男なら、やりかねないかも……？

「何が望みなんですか……？」

警戒してきつく睨み上げると、彼は可笑しそうに小さく噴き出す。

「君は本当に山猫のようだな。すぐに毛を逆立てて威嚇し、睨み上げてくる」

……あなたがそうさせているんじゃないか……！

「どうしても礼がしたいのならば、お茶は君のおごりだ。……甘い物は大丈夫？」

「……は？」

考えてもいなかった展開に、私は呆然とする。うながすように見つめられてうなずく。

「ええ、嫌いではありませんが……」

「チョコレートは？」

「市販の物はあまり。でも専門店のカカオがたっぷりした苦みのあるものなら、かなり好きと言っても過言ではないかと……」

「それならよかった」

普段の渋いハンサムからは想像も付かないような、イタズラな笑みが浮かぶ。

「実は私も専門店のチョコレートがかなり好きなんだ」

白い歯を見せながら笑う彼はとても若々しく、ハンサムで、そしてかなり魅力的だった。

「君にタオルの専門店を教える。その代わり、店の近くにチョコレートの専門店がある。そこでお茶をおごってもらう。……商談成立だ。いい？」

笑いながら見つめられて、私の心臓が、トクン、と一つ高鳴った。

……ああ、どうしてこんなにドキドキしてしまうんだ……？

「これが、最上級のアイランド・シー・コットンですか」

彰弘が言って、タオルの表面を指先でそっと撫でる。

「すごい。まるでシルクのような光沢感があり、蕩けそうに柔らかい」

彼の手は象牙《ぞうげ》の彫刻のように美しい形をしている。指はすらりと細く、形のいい爪は、波に洗われたばかりの桜貝のようだ。

「産地によっても手触りが違うようですね。……ああ、顔を洗った後でこんなタオルに顔を埋《うず》められたらどんなに気持ちがいいでしょう」

支配人に私と外出することを告げた彰弘は、更衣室に戻って制服から私服に着替えてきた。私の秘書が彼のために用意しておいたのは、白いシルクのシャツと、細身の黒いスラックス。そのシンプルな服装は彼の麗しさをますます引き立てていて、買い物をする女性たちの視線を釘付けにしている。

無造作にボタンを二つ外したシャツ。上から見下ろした私は、そこから彼の形のいい鎖骨と、滑らかな肌が見えていることに気づいてドキリとする。

昨夜の彼は、その肌を紅潮させ、唇から甘い甘い喘ぎを漏らしながら快感を貪《むさぼ》った。形のいい屹立をギリギリまで反り返らせ、淫らに私の欲望に擦りつけながら、切羽詰まった声を上げ……たっぷりとその蜜を放った。

奪った甘いキス、彼の蜜の熱さ、そのたまらなげなため息を思い出すだけで、心のどこかがおかしくなりそうだ。

「しかし最高級のカシミアを素材に織り込んだタオルも捨てがたいですね。高価になりそうですが、この肌触りは本当に最高です。光沢感も綺麗だ」

彼がさらに身を屈め、下段に置いてあるタオルに触れる。

ゆるみのある襟元から、彼の胸元、そして薄い色の小さな乳首までが覗いた。

今は淡い桜色をして、仔猫のそれのように小さな乳首が……昨夜はとても淫らに尖《とが》り、その快感の激しさを表すように紅潮していた。

私は小さくため息をついて目をそらし、湧き上ってしまいそうな欲望を無理やりに押さえつける。

昨夜の行為を、彼は、ただのマスターベーションの延長と取ってくれたらしい。そうでなければこんなふうに普通に接してはくれなかっただろう。だが、私は……。

私は暗い欲望が自分の中に激しく渦巻いているのを感じながら思う。

……私は君を最後まで抱きたい。昨夜はただ、途中で無理やりやめただけだ。私の愛撫に感じ、たっぷりとした蜜を放った彼を見て、私はとてつもない愛《いと》おしさを感じていた。そして、彼をこのまま抱いてしまいたい、という激しい欲望と渾身《こんしん》の力で戦わなくてはならなかった。

……彼のことをもっと知りたいという欲求に任せ、彼を脅すようにしてスウィートルームに泊まらせたのは、きっとしてはいけないことだったのだろう。

私は、身体を内側からジリジリと焼くような激しい懊悩《おうのう》を思い出す。

……私は、このままでは、彼を無理やりに犯してしまうかもしれない。

「とりあえず」

私の激しい欲望など夢にも思っていないであろう彼は、畳まれたバスタオルを手に取りながら無邪気に言って身を起こす。

「これとこれを二枚ずつ、サンプルとして買ってみようかと思います。使ってみないとやはりわかりませんよね」

それからタオルの値札を見て、今にも失神しそうな顔をする。

「一枚、八千円？　こっちは、一万二千円もするなんて……！」

「大量に購入する時には値段は交渉できる。それにそれだけの価値はあるだろう。……サンプル代は私が立て替えておくよ」

私は内ポケットからカードケースを出し、そこからいつも使っている光沢のある黒いクレジットカードを引き出しながら言う。顔見知りの店長に合図をして、クレジットカードとタオルを渡す。彰弘は店長の後ろ姿を見送りながら目を丸くしていた。

「プラチナカードのさらに上、エクセルシオン・カード、というやつですか。表面のコーティングに、ダイヤモンドの粉が使われているんですよね？　すごいものを見ました」

「プライベート・バンカーに薦められるままに作ったカードだから、特に珍しいと思ってはいなかったが」

「プライベート・バンカー……もしかして、資産管理をしてくれる銀行家を個人的に雇っているということですか？」

「ああ。父の代から世話になっている人なのだが……もしかして、それも珍しい？」

私が不思議に思いながら聞く。彼は呆然としたままうなずく。

「どちらも珍しいと思います。日本でプライベート・バンカーを雇っている人なんて数人しかいないのでは？」

「屋敷に帰れば執事と使用人たちがいて、会社ではすべての雑事を秘書たちがこなしてくれる。これも珍しいかな？　友人は同じような生活を送っている人間ばかりだし、私は少し感覚がずれているようなんだ。秘書たちにもよく言われる」

彼は呆然とした顔で私を見上げて、

「そんなものが手に入ったとしたら、成金の男なら自慢するでしょうに。平然としているところが、あなたは本物のお金持ちなんでしょうね」

感心したように言い、それからハッとした顔になる。

「ああ、すみません、プライベートなことに踏み込んでしまって」

「別にかまわないよ」

私は近寄ってきた店員の言葉に応えて書類にサインをし、クレジットカードとタオルの入った紙袋を受け取る。

「さて。お茶をする場所に希望は？　特に希望がなければこちらで案内するけれど」

私が言うと、彼は楽しそうに笑って、

「あなたにお任せします。チョコレートのお店、でしたよね？」

「では、そこに行こう。秘書たちの一番のお薦めの店だ」

私は言い、彼と並んで歩きだす。土日はとても混《こ》むだろうが、平日の六本木ヒルズは空《す》いている。買い物客がポツリポツリといるくらいで、のんびりとした空気が流れている。私は彰弘と並んで歩き、久しぶりに気持ちが落ち着くのを感じていた。

……彼といるだけで、私はこんなにも満たされ、愛おしい気持ちに包まれる。

私は、楽しげに話す彼を見下ろしながら思う。

……やはり私は、この美しい青年に本当にやられてしまっているらしい。

相模彰弘

「いらっしゃいませ」

クスノキ坂沿いにあるそのショコラティエの前には、きちんとスーツを着たドアマンがいて、私たちのためにドアを開けてくれた。

ベージュと金、それにダークなチョコレート色で統一されたシックな内装は、まるで高級な宝飾品店のようだ。チョコレートのためか内部はひやりと涼しくて、蒸し暑いこんな日にはとても心地いい。

「いらっしゃいませ。ショップとカフェ、どちらをご利用なさいますか？」

近寄ってきたギャルソンがにこやかに聞く。久世が「カフェを」と言うと、彼はうなずいて上に続く階段を上り、私たちを二階に案内してくれる。

二階のカフェはまるで書斎のような印象の、落ち着いた雰囲気だった。時間が半端なせいか、土日はとても混むであろう店内には、今は誰もいない。

私と彼が通されたのは、大きな窓からクスノキ坂を見下ろせるソファ席だった。

「メニューでございます。……ごゆっくりどうぞ」

ギャルソンが内装とよく合ったチョコレート色のメニューを置いて去る。私はそれを開き、豊富なメニューに驚く。

「ショコラティエのカフェというのでコーヒーとチョコレートくらいかと思っていたのですが、いろいろなものがあるのですね。チョコレートを使ったパフェとか、予約をすればパーティー用のチョコレート・ファウンテンもできるんですね。すごいな。最近流行しているし、バレンタインやウエディングに使えそうですね」

私はメニューを彼のほうに向けて置きながら、

「お薦めは？」

言って彼を見上げ、そして彼がなんだか複雑な顔をしていることに気づく。

「どうしました？」

「ここでテイクアウトされたチョコレートはとても好きだし、秘書たちからここのカフェメニューをいろいろと薦められて来た。帝都ホテルのカフェやパーティーメニューにも何か役立ちそうな気がして、ぜひ君と来ようと思った。……だが、内装が派手だったり、女性客でいっぱいだったら居づらいだろうな、と思っていたから」

彼はふいに手で顔を覆ってため息をつく。

「内装が派手でなくて、そして女性客の少ない時間で、ホッとしたんだよ」

「は？」

私は彼を見つめて呆然とし……それから恐る恐る聞いてみる。

「もしかして、緊張してました？」

「ああ」

ハンサムな顔に似合わない言葉に、私はもう我慢できずに噴き出してしまう。

「あははは、あなたって面白いな」

彼がムッとした顔をしたのを見て、私は慌てて言う。

「いえ、からかっているわけではなくて……あなたの新しい一面を知ることができて嬉しいな、と思っただけです」

私の言葉に、彼は少し驚いた顔をする。

「いえ、あの、オーナーであるあなたに向かって、一介のドアマンがこんなことを言うのは、生意気かもしれないですけど」

「いや、そんなことは思わないよ」

彼は、その顔に苦笑を浮かべて言う。それからふいに真剣な顔になって私を見つめる。

「君のことも、もっとよく知ることができれば嬉しいよ」

漆黒の瞳に見つめられるだけで、鼓動がどんどん速くなる。

……ああ、どうしてこんなにドキドキしてしまうんだろう？

＊

「……あ……」

ゆっくりと風呂を使った後。買ってきたばかりの新しいタオルで身体を拭《ふ》いた私は、思わず声を上げる。

「……すごい……」

高価なアイランド・シー・コットンのタオルは手触りも最高だったけれど、身体で触れるとフワリとしてさらに素晴らしかった。身体についている水滴を一瞬で魔法のように吸い取ってくれて、しかもタオル自体はサラリとした風合いを失わない。

私はバスタオルを腰に巻き、やはり同じアイランド・シー・コットンのハンドタオルで髪を拭く。こちらも吸水性は抜群で、ほんの少し拭いただけで面白いほどに髪が乾く。

……本当に、高価なだけはあるな。風呂上がりの印象が全然違う。

バスルームのドアを開けて、外に出る。ミネラルウォーターが欲しくなり、髪を拭きながらベッドルームを横切る。そしてミニバーのあるリビングへ行こうとしてドアを開け……ギクリとしてそこに立ち止まる。

誰もいないと思っていたリビングのソファに、久世が座っていた。何かの書類を読むのに夢中になっているようで、私の存在に気づかない。

帰ってきたばかりのようで、彼はスーツを着たままだった。膝《ひざ》の上のファイルに目を落としたままで左手を上げ、ネクタイの結び目に長い指を入れる。指を左右に動かしてネクタイを緩め、ワイシャツのボタンを一つ外す。

間接照明の中、くつろいだ様子の彼は、まるでファッショングラビアから抜け出してきたかのように見栄えがして、なぜか鼓動が速くなる。

男同士なんだからと思いつつ、タオル一枚だけを身につけ、上半身を露《あら》わにした自分が、なんだかとても恥ずかしい。

「……あ……」

私が息を呑んだ気配を感じたのか、書類をめくっていた彼がふいに顔を上げる。そしてタオル一枚で立っている私の姿を見て、驚いた顔をする。

「す、すみません、こんな格好でウロウロして」

私は頬が熱くなるのを感じる。真っ直ぐに当てられる彼の視線に動揺してしまいながら後《あと》退《ずさ》る。

「まだ会社からお帰りになっていないかと思ったので……」

「さっき買ったタオルだね？　使い心地はどう？」

私の言葉を遮って彼が言う。質問された私はベッドルームに逃げ込むことができなくなっ

てしまいながら、

「ええと……最高に気持ちがいいです。肌触りがいいだけでなく、吸水性も抜群だから使ってもサラリとしているし……」

「本当に？　触らせてくれ」

彼が私を見つめたまま、手を差し出してくる。私はなぜか妙に緊張してしまいながら、大理石の床を踏んで彼に近づく。そして髪を拭くために手に持っていたタオルを彼に差し伸べる。彼はそれを受け取り、手で触れてみて、

「たしかに、サラリとしているな。……座って」

彼がファイルをローテーブルに置き、ソファの自分のすぐ脇を示す。

「ええと……？」

躊躇する私を真っ直ぐに見上げて、彼が低い声で言う。

「座りなさい。髪がまだ濡れている」

強く見つめる黒曜石の瞳と、セクシーに命令する美声。フワリと理性がかすみ、私の身体が勝手に動いて腰を下ろしてしまう。彼は私に背中を向けさせ、頭にタオルを被《かぶ》せる。優しい手つきで髪を拭いてくれながら言う。

「タオルを買った店のオーナーに連絡をして、見積もりを出してもらった。もしも帝都ホテルで採用してくれるのならば輸入ルートを確保して価格を抑えられるし、さらにホテルのロ

ゴの刺繍《ししゅう》もサービスしてくれるそうだ」

「本当ですか？　この素晴らしいタオルを朝晩使えたら、本当に幸せな気分になれると思うんです」

私は、髪を拭いてくれている彼の手つきにうっとりしてしまいながら答える。

「もちろん、予算があると思うので、あまり贅沢《ぜいたく》すぎることは言えないのですが……」

「贅沢すぎる？　このホテルに出資しようとしているのが、誰なのかわかっている？」

彼の手が滑り下りて、私の首筋を伝う水滴をそっと拭く。彼はクスリと笑いながら、

「久世コーポレーションのホテルに、贅沢すぎるということはあり得ない。ゲストのために出来る限りのサービスを考えるのがわが社の方針だ」

首筋を拭いていたタオルが、ゆっくりと背中を滑る。肩甲骨をそっと拭き、背骨に沿って滑り下りる。腰のくびれた部分をタオルが撫でた時、不思議な電流が身体を走った。私の身体が、ビクッ、と小さく震えてしまう。

「震えている。怖い？」

彼が囁いて、私の肩にそっとキスをする。

「……あ……！」

あたたかな唇の感触に、彼がまた震えてしまう。

彼が動いた拍子にフワリと空気が動き、彼のコロンの香りが鼻をかすめる。その本当に芳

しくてセクシーな香りに……昨夜、シャワーでされたことが甦《よみがえ》る。

……ああ、どうしよう……？

私の身体の奥深い場所から、ジワリと熱が湧き上がってくる。

……また、発情しそうだ。

彼の手が私を抱き締めるようにして前に回る。背中に押しつけられる彼の体温と、逞しい身体の感触に、鼓動が速くなる。

「怖いのなら、やめるけれど？」

耳元で彼が低く囁く。産毛を揺らす彼のあたたかな息。身体の奥から、さらに激しい熱が湧き上がってくる。

「……別に……怖くなんか……」

タオルが首筋から鎖骨を滑り、そのまま胸に下りる。

「ンッ」

柔らかなタオルが乳首の先をかすめ、私の背中に甘い電流が走った。思わず見下ろすと、私の乳首はいつのまにかキュッと硬く尖り、挑発するような濃いピンク色に染まっていた。

「怖くないのなら続けるよ。……タオルの感触は、どう？」

その乳首の上を、愛撫するようにタオルが動く様子は、とても淫靡で……私の身体を、鋭く甘い電流が駆け抜ける。

「……あ、気持ち、いいです……」

私の唇から、かすれた声が勝手に漏れてしまう。

「いい子だ」

彼が囁いてそっと首筋に唇をつける。そのまま肩口まで唇を滑らされて……震えるような快感に、私の乳首がさらにキュッと痛んで硬くなる。

「……ン……」

抱き締めるようにして両方の乳首の上をタオルでくすぐるように撫でられて、私の身体がヒクヒクと痙攣《けいれん》するように震えた。

「……ンンッ……！」

……ああ……なんてことだ……。

私は呼吸を速くしてしまいながら思う。

……昨夜あんなに出したのに……また……。

私の脚の間に、全身を走る快感が流れ込む。そして私の欲望を、ギュッと屹立させる。

「……あぁ……」

「色っぽい声だな。とても気持ちがよさそうだ」

彼が囁いて、手を滑らせ、腰に巻いてあるタオルにそっと触れる。

「タオルをこんなに持ち上げている。昨夜あんなにしたのに、まだ足りない？」

タオル越し、先端をクリクリと刺激されて、私の唇から我慢できない喘ぎが漏れる。

「アアッ！」

「可哀想《かわいそう》に。これではつらいだろう」

彼がソファから下り、まるで騎士のように私の足元にひざまずく。

「……え？　あぁっ！」

彼の手が、いきなり私のタオルをまくり上げる。屹立が彼の目の前に露わにされる恥ずかしさに、私は震えることしかできない。

私の屹立はいつのまにか反り返るほどに勃ち上がり、先端からトロトロと先走りの蜜を垂らしていた。

「見ないでください！」

屹立を隠そうとした私の両手が、そっと払いのけられる。彼の両手が私の内腿《うちもも》にかかる。

そのまま脚を大きく左右に広げられ……。

「ちょっと待ってください、そんな……アアッ！」

割り広げられた腿の間に、彼がゆっくりと顔を埋める。腰を両手で引き寄せるようにして、私の屹立を口に含む。

「……そんな……アアッ！」

信じられないほどの快感が、全身を貫いた。

……ああ、まさか、こんなことをされるなんて……！

口で刺激するやり方があることくらいは知っている。しかし私はもちろん未経験だったし、しかも男である彼に、こんなことをされてしまうなんて……！

「アアッ……アア……ッ！」

容赦なく刺激され、目の前が真っ白になる。

……どうしよう、すごい……。

……ものすごく、イイ……。

彼は私の屹立を深く咥《くわ》え込み、チュプチュプと淫らな音を立てながら舌で愛撫する。

「……ひ……うう……っ！」

あまりの快感に、腰がビクビクと跳ね上がる。腰を押さえ込んでいた彼の両手が上に滑り、私の胸をゆっくりと撫でる。

「……あ、ああ……っ」

場所を確かめるように両胸を揉まれ、彼の指先が私の乳首を捕らえる。

「……アアッ！」

私の乳首は恥ずかしいほどに硬く尖ってしまっていて、指先でそっと先端を揉まれるだけで鋭い射精感が湧き上ってくる。

「……ダメです……そこは……っ！」

両方の乳首を指先で摘み上げられ、屹立をしゃぶられ、チュッと淫らに吸い上げられる。

「……アア……アアッ！」

敏感な部分を同時に責められるあまりの快感に、全身が蕩けてしまいそうだ。

彼の舌が私の感じやすい先端をヌルヌルと舐め上げている。尖った乳首の先端を、リズムを合わせるようにして揉み込まれて、もう……。

「……ダメ……口……離して……っ」

私はビクビクと腰を震わせ、必死で懇願する。

「……出る……我慢できな……アアッ！」

私の先端から、ビュクッ、ビュクッ、と勢いよく欲望の蜜が迸る。

彼の咽喉が、コク、と音を立て、彼が私の蜜をすべて飲み込んだのが解った。

……嘘だ、飲んでしまうなんて、そんな……。

快楽の余韻に、私の身体が、ピク、ピク、と細かく痙攣してしまう。

……どうしよう、死にそうなほど、気持ちいい……。

「……こんなことまで教わってしまったら……」

朦朧《もうろう》とした私の唇から、かすれた声が勝手に漏れる。

「……もう、一人でマスターベーションできなくなってしまいます……」

チュプンッと音を立てて、反り返る私の屹立が彼の口腔から弾《はじ》け出る。

「一人では、もうしなくていい」

彼が、私の先端に唇をつけたままで囁いてくる。

「私がいつでも、こうして搾り取ってあげるよ」

チュウッと音を立てて強く吸い上げられて、彼の言葉通り、残っていた蜜の最後の一滴まで搾り取られてしまう。

「……ンンーッ！」

あまりの快感に私は腰を震わせて喘ぐ。眩暈《めまい》をこらえながら呼吸を整え……それからやっと彼に何を言われたのか気づく。私の胸が、なぜかチクリと痛んだ。

「たしかに勢いづいてしまって、やりすぎているかもしれません。でも私は、このホテルのよさをあなたに気づいてもらうためにこの部屋にいるだけでしょう？」

私は身を起こし、めくれ上がったタオルを引き降ろす。

「いつでも、なんて言ったら誤解されますよ。そんな無責任なことは言わないほうが……」

「責任は取る。恋人になって欲しいと言っている」

何を言われたのか一瞬理解できずに、私はそのままの姿勢で呆然とする。

……彼は今、何を言ったんだ？

ゆっくりと目を上げると、彼はこれ以上ないというほど真剣な顔で私を見つめていた。

「君が好きだ。ずっと前から」

「……え……？」

「総帥になって多忙になり、このホテルからも足が遠のいていた。半年前、このホテルの前を偶然に通りかかり、白い制服で立つ君を見つけた」

彼の漆黒の瞳に、驚いた顔の自分の顔が映っている。

「一目見ただけで恋に堕ちた。そして君と知り合え、いろいろな面を知って、さらに好きになった」

彼の大きな手が、私の頬をそっと包み込む。

「愛している。恋人になって欲しい」

私の鼓動が、どんどん速くなる。

……今すぐに、私はゲイではありません、と答えるべきだろう？

……なのに、どうしてこんなふうにドキドキしてしまってるんだ？

「もちろん、ノーと言ったからといって仕事に影響が出るようなことは一切ない。これからも帝都ホテルのために、手を尽くさせてもらうよ」

彼は私の頬を両手で包み込み、真摯《しんし》な目で見つめてくる。

「答えは急がない。だが、真剣に考えて欲しい。いいね？」

黒曜石のような美しい瞳で見つめられて……私は思わずうなずいてしまう。

……ああ、どうしてうなずいてしまったんだろう……？

＊

「私は、新オーナーは悪い人ではないような気がしています。みなさんが出したいろいろなフェアの案も前向きに検討してくれているし、タオルの件も了承してくれましたし」

私が言うと、ミーティングルームに集まっているメンバーがうなずいている。

「企画会議にも出席させてもらえるようになるみたいだから、いろいろ提案もできる。ホテルのために何かしているっていう実感が持てるね。なにより私が出した、ワインの選び方の講習とテイスティングがセットになった『ワインの夕べ』の企画が最初に採用されたしな。センスのあるオーナーだと思うよ」

ソムリエの本城《ほんじょう》さんが言い、メンバーが楽しげに笑う。私はコピーを揃えながら、

「それでは、本日はこのへんにしましょう。今日の分の企画は、私からオーナーにお渡ししておきますね」

彼らは口々に挨拶をして、部屋を出ていく。

「相模君」

椅子を立った私に話しかけたのは、副支配人の佐野さんだった。

「少しだけ話があるんだけれど。いい？」

「あ、はい。大丈夫です」

全員が出て行くのを待って、佐野副支配人が重い口を開く。

「あの久世オーナーに一番反抗していたのは君じゃないか。実質調査をしなさいと言われてオーナーのスウィートに泊まらせられているんだろう？　変なことをされていない？」

　佐野副支配人の言葉に私はドキリとする。昨夜のとんでもなく激しい快感を思い出して、頬が熱くなる。

「いえ、そんなことはありません。ご存じの通り、あのスウィートはとても広いんです。部屋もたくさんあるので間借りしているようなものです」

……まさか、同じベッドに寝ているとは、とても言えないよ。

「私は、彼はこのホテルのオーナーとして相応《ふさわ》しい人ではないかと思い始めています。彼は前向きですし、私たちのことも考えてくれていますし」

　言うと、佐野副支配人は苦しげな顔をして
「私はこのホテルをこんな状態に追い込んだ張本人こそ、あの久世さんではないかと聞いているんだけど」

「え？」

「前の支配人に多額の融資をして、それを返せないように手を回したと聞いた。支配人が消えたのもその影響ではないかと……」

その言葉に、私はドキリとする。たしかに元支配人の筒井《つつい》氏にはあれから連絡が取れない。みんなは「温泉にでも行っているのでは？」と言っているけれど、私は実は少し心配になってきていたところだったんだ。

「詳しい話を知っているのは、嘉川《かがわ》氏なんだよ。彼は私にだけこっそり事情を教えてくれているんだが……」

「嘉川さんが、ですか？」

……無理やり車に乗せられそうになったあの時のことは、今でもまだ不愉快だ。けれど、今はそんなことを考えている場合ではないのかもしれない。

「たしかに、嘉川氏ならお金の流れに詳しそうですが……」

「私には詳しいことはよくわからなかった。今夜なら彼は空いているそうだ。間違いがあってはいけないから君から直接聞いてくれないか？」

……あの久世を疑いたくない。しかしそのためにもきちんと明確にしたほうがいいかもしれない。

私は嘉川の執念深そうな顔を思い出す。

……もしも嘉川が何かを誤解しているとしたら、きちんと誤解を解いた方がいい。でないと、のちのち面倒なことになりそうだ。

「わかりました。お話しさせてください」

佐野副支配人は、ホッとした顔で名刺入れを出し、そこから一枚のショップカードを出す。住所は麻布。『懐石・よし乃』という名前が書いてある。

「店の住所だ。今日、勤務が終わるのは八時だろう？　その頃に更衣室に迎えに行くよ。いちおう秘密の会合だから、くれぐれもほかのメンバーには言わないようにね」

……あの嘉川と二人で会うのは絶対に避けたいけれど、副支配人も一緒なら安心だろう。

……ともかく私は……。

私は、「愛している」と囁いてくれた久世の顔を思い出していた。

……あなたが悪い人間でない事を、たしかめたいんだ。

＊

仕事を終えた私は、制服から私服に着替えた。そして、副支配人と一緒にタクシーに乗り込み、嘉川の待つ料理屋に急いだ。

タクシーから降りたそこは、昔は立派な建物だったことがうかがえるが、どこか寂れた雰囲気の場所だった。

下足番に靴を頼んだ私たちは、磨き上げられた廊下を歩く。

……なんだか……。

どこかで見たことのある政治家が、若い男性の肩を抱いていたりして……かなり嫌な雰囲気だ。

……懐石料理屋っていうよりは、場末の連れ込み旅館みたいな雰囲気じゃないか？

無愛想な仲居さんに先導されて、長い廊下を歩く。仲居さんが襖《ふすま》を開くと、喜色満面の嘉川がそこに座っていた。

「ああ、相模君、久しぶりだな！」

彼は立ち上がってきて、私の肩を抱くようにして自分の隣に座らせる。

「そんなに緊張しなくても大丈夫。もう、あの時のことは怒っていないよ？」

妙に嬉しそうに言われて、嫌な予感が胸をよぎる。

……怒っていない、ということは反省もしていないということだよな？

「失礼します」

テーブルに並んでいたのは、見かけは豪華だが妙に安っぽい料理たちだった。

……こんな料理で政治家が喜ぶとは思えないんだけど……。

……いや、今はそんな細かいことを気にしている場合ではない！

「久世氏が本当に帝都ホテルを乗っ取ったのか、そのことを教えていただきたいんです。私はあの人と仕事をしてみて、そんなことをする人間だとは……」

私が言うと、嘉川が手を上げて私の言葉を遮る。

「まずは一杯。話はそれからだ」

お猪口《ちょこ》に酒を注《つ》がれて仕方なく杯を空ける。

「ごちそうさまです。ですから話を……」

「無粋だなあ。食事が済むまではダメだよ」

そう言って、話を切り出してくれなかった。

私は仕方なく料理に手をつけるが、冷え切ったそれのまずさに耐えられずに箸《はし》を置く。

……嘉川はうちのホテルの懐石料理屋の常連客だったはずだ。グルメなのかと思っていたけれど、こんなものを出す店を愛用しているなんて。

「相模君、もう一杯。深刻な話だから、嘉川氏も話しづらいだろう」

副支配人が言って、私のお猪口に酒を注ぐ。私はすすめられるままに杯を重ね……そして自分が酔っていることに気づく。

……おかしい。酒にはめちゃくちゃに強いはずなのに。

私は目が回りそうになっていることに気づき、慌てて席を立つ。

「すみません。ちょっと手を洗ってきます」

よろけながら座敷を出て、なんとか酔いを醒まそうとして廊下を歩く。

……ヤバいかもしれない。どうしたんだろう？

中庭に面した廊下は風が通り抜けて気持ちがよかったけれど、眩暈は治まらない。

柱にもたれかかっている私に、旅館の主らしい和服の男性が近づいてくる。

「大丈夫ですか？　酔っていらっしゃるのでは？　別室でお休みになったほうがいい」

……そうしたいのはやまやまだが……。

「ありがとうございます。でも少し休めば大丈夫です。仕事の大切な話がありますので」

言って、彼の介抱を断る。彼は心配そうな声で、

「何かあったら遠慮なく呼んでくださいね」

言って、廊下を遠ざかっていく。

……眩暈と眠さ、それにだるさで倒れそうだ。まさか、こんなに酔うなんて。

……でも、話を聞くまでは……。

私は柱に寄りかかったまま、なんとか酔いを醒まそうと深呼吸をする。

「大丈夫？　気分が悪い？」

後ろから聞こえたのは、佐野副支配人の声だった。私は慌てて姿勢を正す。

「いいえ、大丈夫です」

「それなら座敷に戻ろうか。嘉川さんがお待ちかねだ」

副支配人は私の肩を抱くようにして囁く。そして私はそのまま部屋に連れて帰られた。

「久世氏のことについて教えてください。彼は本当に筒井支配人を陥れたんですか？」

座敷に戻って必死で言う私に、嘉川氏はにやりと笑う。

「本当にそうならよかったんだが」

「え？」

「証拠をでっち上げることがどうしてもできなくてね。隙のない男だよ」

彼の言葉に、私は呆然とする。

「本当なら、帝都ホテルは、我が嘉川グループが買い取るはずだったんだ。ここにいる佐野君と共謀して、ずっと前から計画していた。それをぶち壊したのはあの男だ」

彼はとても悔しそうな顔をして言う。

「帝都ホテルを買い取れれば、いつも私をごくつぶしなどと言って来た親類たちへの面目が立つ。あのホテルの古臭い内装は気に入らないが、建っているのは一等地だ。取り壊してオフィスビルにでもしてしまえば、大きな金を生んでくれる」

彼の言葉を聞いて、私は怒りのあまり言葉が出せなくなる。

……嘘、だろう……？

嘉川は、舌なめずりをする獣のような顔で私を見つめる。

「それに、帝都ホテルを手に入れれば、ホテルの顔である、この美しいドアマンまでがついてくる。一石二鳥だ。君なら私の秘書もできるだろうし……」

「……あのホテルを本当に助けてくれたのは、久世さんだったんですね？」

「そうだよ。まったく憎らしい」

私の心に、喜びが湧いてくる。そして、私や彼を陥れようとした二人への怒りも。

「それさえわかれば、あなたに用はありません。すぐにでもホテルに戻って……」

私は立ち上がろうとし、眩暈を覚えてよろける。

「頬が赤い。そろそろ効いてきたんじゃないのかな？」

……効いてきた？

「そうですね。そろそろですか」

隣に座っていた副支配人がいきなり手を伸ばし、私の首筋を指先で撫でる。

「……っ！」

全身をゾクゾクと走った電流に、私は息を呑む。

……なんなんだ、これは？　ただ酔っているのではない？

「その銚子《ちょうし》には催淫剤《さいいんざい》をたっぷり入れさせてもらった。最新のものだから日本酒の味も香りも変わっていなかっただろう？」

「催淫剤？　どうしてそんな！」

私は気合を入れてもう一度立ち上がる。しかし激しい眩暈を覚えてよろけてしまう。

「……あっ」

私の身体を、立ち上がった副支配人が支え、テーブルを回りこんできた嘉川が抱き締める。

「君があまりに色っぽいから悪いんだよ」

そのまま二人に引きずられるようにして歩かされ、次の間への襖が開かれて……。

それを見て、私は血《ち》の気《け》が引くのを感じる。敷いてあるのはベッドならダブルサイズになりそうな大きな布団。薄暗い行灯《あんどん》の明かりが淫らな雰囲気だ。しかも信じられないことに枕が三つ並んでいる。

「……嘘、だろう？」

「本当は二人で楽しみたかったんだが、彼にも報酬をあげなくてはいけない」

嘉川が、私の耳元でいやらしい声で囁く。

「それに三人でするのもなかなかいいものだよ？」

ドン、と押されて、私はそのまま布団の上に倒れこんでしまう。

「……あっ」

「いいなあ、その感じ」

嘉川と佐野は言いながら、上着を脱ぐ。

「とても色っぽい」

ずり上がって逃げようとする私に、嘉川と佐野が覆いかぶさってくる。

「嫌だ、触るな！」

必死で抵抗するけれど、二人がかりなのと、眩暈がひどいせいでろくに力が入らない。

「……ああっ！」

佐野は私の頭の方に座り、持ち上げた私の両手を布団の上に押さえ込んだ。

「離せ！」

久世が用意してくれたシルクのシャツに、嘉川の手がかかり、ビリッ！　という音を立てながらそれが破かれてしまう。

「たまらない。いい肌だ」

嘉川の汗ばんだ手が私の鳩尾《みぞおち》を撫で回し、私は必死で吐き気をこらえる。

「やめろ！　触るな！」

「抵抗するんじゃない。どうせ毎晩あの男に抱かれていたんだろう？　最初は無理やりかな？　想像するだけで涎《よだれ》が出るな」

佐野が言って、いやらしい顔で私を見下ろしてくる。

「違う、彼はそんなことはしない！」

「嘘をつきなさい。こんな色っぽい君を部屋に引き入れておいて、我慢などできるわけがないだろう？」

「違う！　離せ！」

必死で暴れ、激しい嫌悪を感じながら、私の脳裏を久世のことがよぎる。

……同じ男なのに、なぜ彼には愛撫されても嫌ではなかったんだろう？

……そして彼のキスや囁きに、どうしてあんなに胸が熱くなったんだろう？

彼の顔を思い出すだけで、私の心が切なく痛む。

……もしかして、私はいつのまにか彼のことを……？

「私に触れられるのは、彼だけだ！」

私は、いやらしく動く四本の手から逃れようとして、暴れながら叫ぶ。

「私は、久世さんのことを……！」

「あの男の名前を、口にするな！」

私の頬がパンと鳴る。

どこかを歯で切ったのか、口の中に血の味が広がる。それが、私の怒りをさらに煽《あお》る。

「私は久世さんを愛している！　おまえたちみたいなやつらに乱暴されてたまるか！」

私は一瞬の隙を見て佐野の手を振り解《ほど》き、そのまま襖に向かって走り出そうとし……。

「うわ！」

すごい力で足首を摑まれた私は、そのまま布団の上に倒れこむ。

「……ああっ！」

二人の男にのしかかられて、もう身動き一つできなくなる。

「嫌だ！　やめてくれ！」

「やめられるわけがないだろう？」

佐野の手が、私の上半身から破れたシャツを引き剝《は》がそうとする。

「嫌だ！　離せっ！」

「そうはいかない。今夜こそ、すべてをもらうからね」

いやらしい声で言って、嘉川の手が私のベルトを外す。そして、スラックスの前立てのボタンを引きちぎる。

「……いやだ……！」

……こんな下衆《げす》な男たちに奪われるなんて、我慢できない。

嘉川の手が、私のファスナーを一気に引き下ろす。

「……やめてくれ……！」

私の目から、涙が零《こぼ》れ落ちた。

「泣き顔も色っぽいな。こんな子を無理やりにやるなんて、本当にたまらない」

スラックスと下着が、嘉川の手でまとめて摑まれる。

眩暈と疲れで、もう抵抗ができない。

……私はもうダメかもしれない。

……でも、このままこいつらに犯されるなんて絶対に嫌だ！

私は泣きながら、必死で力を振り絞って叫ぶ。

「助けて、久世さん！」

私の声が情けなくかすれている。

「愛しているのはあなただけなんだ！」

パアン！

いきなり大きな音を立てて襖が開き、和室の中に光が差し込んでくる。逆光に浮かび上がった逞しいシルエットは……。

「嘉川、そして佐野……」

聞こえたのは、やはり久世の低い声だった。

「……私の彰弘にこんなことをするなんて、絶対に許さない」

彼の声はまるで地獄の底から聞こえてくるように凶暴で、嘉川と佐野は怯《おび》えたように私の上から起き上がり、後ずさり……。

ガシッ！

和室に入ってきた久世が嘉川の襟首を掴み、彼の頬に拳《こぶし》を叩《たた》き込む。

嘉川は驚くほど遠くまで吹き飛んで、そのままずるずると畳の上に崩れ落ちる。

「ひいいっ」

逃げようとした佐野の襟を、彼の手が捕らえる、そして佐野の頬に渾身の右ストレートが叩き込まれる。

ガッ！

佐野は襖をなぎ倒しながら倒れ、失神したようにそのままぐったりと倒れこむ。

「大丈夫か、彰弘？　ひどいことをされなかったか？」

久世が、私の身体を抱き起こしてくれる。

「脱がされただけで……でも、何か妙なものを飲まされたみたいで眩暈が……」

「催淫剤だね。見るからにやばい二人だと思ったんだよ」

銚子の匂いをかぎながら言った人の声と着物の柄に、見覚えがある。さっき洗面所の前で話しかけてくれたこの店の主人らしき人だろう。あの時は見る余裕もなかったけれど、かなり若くてけっこう美形だ。

「早めに久世に連絡しておいてよかった」

「久世さんの……お知り合いなんですか？」

こんなちょっといかがわしい雰囲気の料理屋に久世の知り合いがいるなんて、と私は朦朧とした意識の中で思う。久世はなぜか嫌そうな顔をして、

「昔の知り合いだ」

「嘉川と佐野は同好の士ということでかなり前から意気投合していたらしく、ここに美青年たちを何度か連れ込んでいたんだ」

着物姿の店主が言う。久世が言葉を引き継いで、

「今まではプロばかりだったようだが、二人が君に目をつけているのは明白だったので、とても危険だと思った。だから、怪しいことを始めたらすぐに連絡をくれと頼んでおいた」

彼は言いながら私の身体を抱き上げる。

「……あ……」

それだけで私の身体が熱くなってしまう。店主が、私の顔を覗き込んで言う。

「警察を呼んだから、あの男どもは私が引き渡しておく。ほかの部屋で布団を使ってもいいよ。彼もつらそうだ」

「おまえが聞き耳を立てそうな場所で、彼を抱けるか」

久世は言って、私を抱いたまま部屋を出て廊下を歩きだす。私は転げ落ちないように彼の首に手を回し、熱に耐え切れずに目を閉じる。

私を軽々と抱く彼の逞しい腕。薄いシャツ越しにリアルに伝わってくる体温。彼の首筋からフワリと香るそのコロン。

飲まされた媚薬《びやく》で嗅覚《きゅうかく》までが敏感になっているのか、彼のコロンの香りはいつもよりもさらにセクシーで、それを感じるだけで、私はもう……。

「……ん……」

私の屹立はいつのまにかスラックスをしっかりと押し上げ、下着をたっぷりと濡らしてしまっていた。彼の歩く振動が伝わって擦れ、それだけで今すぐにイッてしまいそうだ。

「……久世、さん……」

放出できないギリギリの快感が駆け巡り、私の全身を、まるで毒のように甘く痺《しび》れさせている。

「どうした？　苦しい？」

私は重い瞼《まぶた》を必死で持ち上げ、彼の顔を見上げる。

少し心配そうに見下ろしてくる端麗な顔を見るだけで熱情が湧き上り、私の唇からまるで喘ぎのようにかすれた声が漏れた。

「……我慢、できません……」

痛みを伴うような激しい欲情が、私のなけなしの理性を曇らせる。もう何も解らなくなって、彼に懇願する。

「……イキ……たい……」

「頼む、誘惑しないでくれ」

彼は私を抱いたまま立ち止まり、私にそっとキスをする。

「私まで我慢できなくなるだろう？」

唇を触れさせたままで囁かれ、身体にゾクリと淫らな欲望が走る。私はたまらなくなって彼の唇を舌で舐め上げる。

「……おかしくなる……一度、イカ、せて……」

そして目を閉じ、かすれた息だけで懇願する。

「ダメだ」

彼は私の目を覗き込み、真剣な声で言う。

「今夜はもう、途中で我慢することはできない。君をイカせるだけでなく、最後まで君を奪ってしまうだろう」

その欲望を孕《はら》んだ低い声。私の身体の奥に、電流のような甘い痺れが走る。

「ずっと待ち望んだ、君との最初の夜だ。こんなところで奪うのはもったいなさすぎる」

「……待ち、望んだ……？」

私が言うと、彼はどこか苦しげな顔で微かに笑って、

「ずっと抱きたかった。ドアの前に立つ凛々しい君を見て、一目惚れをしたと言っただろう？　その時からずっとだ」

「……私を、抱きたかった……？」

「そう。そして実際の君と出会い、君のホテルに対する情熱と、煌《きら》めくような純粋な内面を知り、私はもう引き返せなくなった」

彼の漆黒の瞳が私を真っ直ぐに見下ろしてくる。

「愛している、彰弘」

「……ああっ！」

低い声が、まるで甘い毒のように私の耳に吹き込まれる。怖いほどの電流が駆け抜け、私は唇を噛んで必死で射精感をこらえなくてはいけなかった。

「……んん……っ」

……どうしよう、囁きだけでイキそうだった。だって、彼は……。

彼が言った『愛している』という言葉が、私の心をトロトロに蕩けさせる。

「君は？」

彼が囁いて、息を弾ませる私の耳たぶを舌先でそっと舐め上げる。

「……ああっ、やめ……！」

薬のせいで感覚がめちゃくちゃに鋭敏になっていて、まるで性器を刺激されたかのように強烈に感じてしまう。

「……ああ……っ」

「君が私をどう思っているのか、きちんと答えなさい。でないと……」

彼が言葉を切り、フッと息を吹きかける。

「……耳だけでイカせるよ？」

ピチャ、とわざと音を立てて耳たぶを舐められて、全身がビクビクと震えてしまう。

「……ンン……ッ！」

……ああ、たしかにこのままではイカされてしまいそうだ。そしてそんなことになったら、きっと本当に恥ずかしいに違いない。

「……愛してる……」

私は喘ぎながら、蚊の鳴くような声で囁く。彼は意地悪く、

「何か言った？　きちんと言ってくれ」

「愛しています、久世さん」

私は必死で彼に囁く。

「いい子だ。愛しているよ。彰弘」

彼が囁いて、私の唇にそっとキスをしてくれる。

「……んん……」

「スウィートルームに帰ろう。すぐにベッドに連れて行ってあげる。それまで我慢だ。いいね？」

唇を触れさせたまま囁かれて、身体がさらに熱くなる。

「……我慢、できません……欲しい……」

「媚薬を使われて、本性が出てしまっているのか」

彼が囁いて、応えるようにして私の舌を、ゆっくりと舐め上げてくる。

「いつもはあんなに凛々しい姿をしているくせに、君は本当はこんなに淫らで、こんなに可《か》愛《わい》らしいんだな」

濡れた舌と舌が触れ合う感触は、本当にいやらしく、私の屹立からはそれだけでトロトロと先走りの蜜が溢れて、下着をあたたかく濡らし……。

「……あ……ダメ……出る……っ」

濡れた舌と舌が触れ合う感触に、私の屹立は今にも暴発してしまいそうになる。

「わかった。もう少しの我慢だ」

彼は囁いて私の唇に仕上げのようなキスをし、そのまま足早に廊下を歩く。

「……あ、ああ……」

激しい欲望は熱になって身体を駆け巡っている。意識が混濁して、自分が発情しているのか、それとも高い熱にうなされているだけなのか、だんだん解らなくなってくる。

彼は下足番が揃えてくれた靴をはき「彼の荷物と靴は預かっておいてくれ」と告げて、そのまま建物を出る。庭園を抜けると門の前にはリムジンが待っていて、運転手が心配そうな顔でドアを開けてくれる。

「相模様は大丈夫でございますか？　病院にお連れしたほうがいいでしょうか？」

「大丈夫。飲みすぎただけだ。ホテルへ向かってくれ」

彼は私をリムジンのシートに座らせ、隣に滑り込んでくる。そのまま腰をしっかりと引き寄せられてしまう。彼のコロンの香りに包まれ、その体温を感じているだけで、私はおかしくなりそうだ。

「……久世さん……」

必死に見上げると、彼は苦しげな笑みを浮かべて私を見下ろしてくる。そして私の耳に口を近づけて囁く。

「まだ我慢だ。運転手に見られてもいいのならしてあげるけれど？」

彼の言葉に、私は最後の理性を振り絞ってかぶりを振る。本当は、それでもいいから、と懇願したくなるほどに身体が熱かったのだが。

「苦しいだろう？　少し眠ったほうがいい」

優しい声で言って、彼の大きな手が私の髪を撫で、そのまま引き寄せる。彼の肩に頭を預けて……私は重くて甘い眠りに吸い込まれた。

＊

あの場所から逃れられてホッとしたのと、飲まされた媚薬のせいで、リムジンの中で私はぐっすりと眠ってしまったらしい。自分が抱き上げられ、どこかに運ばれていることに気づいてやっとぼんやりと目を覚ます。

「……あ……」

私は重い腕を上げて彼の首に手を回しながら周囲を見る。

「目が覚めた？　今、エレベーターだよ。もうすぐ部屋に着く」

彼は私の耳に口を近づけて囁いてくれる。

「すぐにベッドにつれていく。もう少しだけ辛抱だ」

そう聞いただけで、少しだけ眠っていた私の身体の中の熱が、カアッと温度を上げる。

……ああ、時間が経《た》てば少しはよくなるかと思ったのに……。

私は、どんどん鼓動が速くなり、呼吸が熱くなってくるのを感じながら思う。

……なんだか、ますます効いて来てしまったみたいだ……。

エレベーターが停止し、扉がゆっくりと開く。彼は私を抱いたままエレベーターホールに踏み出す。久世はそのまま、足早にホールを横切る。

シャンデリアに照らされたそこに、彼の靴音が高く響く。

「……下ろしてください……重いですから……」

「少しも重くない。それに君が眩暈で転んでしまったら大変だ」

彼は言って少しの揺るぎもない足取りでホールを横切る。

眠っている間にいったん落ち着いていた私の屹立は、今はまた硬く勃ち上がってしまっていた。彼が歩を進めるたびに私の身体も揺れ、たっぷりと濡れている下着にヌルヌルと擦れてしまう。その刺激に私の先端から蜜が溢れて、さらに下着を濡らす。

……ああ、きっと私は、トランクスの布地が透けるほどに先走りを漏らしてしまっているに違いない。

私は恥ずかしさのあまり彼の首にすがりつき、染まった頬と荒い息に気づかれないようにその肩に顔を埋める。

……まだ触れられてもいないのにこんなにヌルヌルにしてしまうなんて……恥ずかしすぎる……。

身体の奥深い場所から燃え上がりそうな欲望が湧き上ってきて……トロトロに蕩けてしまいそう。『どうなってもいいからイカせて』と叫んでしまいそうだ。

「……あ……」

「大丈夫？　気分が悪くなった？」

私のため息に気づいたのか、彼が心配そうな声で聞く。私は小さくかぶりを振る。

「……そうじゃ、な……」

「本当に？　顔を見せてごらん？」

優しく言われて私はまたかぶりを振り、彼の肩にさらに強く額を押し付ける。

「……イヤです」

「どうして？」

「……私は発情しています。だからきっと、とても恥ずかしい顔をしています」

私が蚊の鳴くような声で言うと、彼は小さく笑って私の髪にそっとキスをする。

「可愛すぎる。初夜の花嫁に相応しいな」

彼は言い、ドアの前で立ち止まる。

「私の胸ポケットに、キーが入っている。それで鍵を開けて」

言われて、私は彼の肩から顔を上げる。

彼のポケットからキーを取り出し、身をよじるようにして鍵穴に差し込む。

カチッ。

「ノブを回して。ドアを開けたら、ベッドに連れて行ってあげるよ」

その言葉だけで、身体に痛いほどに甘い電流が走る。私は喘ぎながら手を伸ばし、震える指先で真鍮《しんちゅう》のドアノブを握り、ドアを開く。

「いい子だ」

彼はご褒美のようなキスを髪にくれてから、肩でドアを押して中に踏み込む。

窓から差し込んでくる仄《ほの》かな月明かりだけでほとんど真っ暗だが、彼は慣れた様子で部屋を歩き抜ける。

広い部屋の中、大理石の床を踏む彼の足音が高く響く。シックな革のソファセットがぽんやりと浮かび上がっている。

「ベッドルームのドアだ。開けて」

彼の声に、私はドキリとする。手を伸ばしてノブをひねり、そのままドアを押す。

部屋の中は、やはり月明かりだけだった。大きな天蓋《てんがい》を持つどっしりとしたキングサイズのベッドが薄明かりの中に浮かび上がっている。

この上で彼からもらえる快楽を思っただけで、いきなり達してしまいそうになる。思わず息を呑んだ私に、彼がそっとキスをする。

「怖い？」

「……違います……」

彼は私を抱いたままで広い部屋を横切り、ベッドに私を座らせる。

「……あ……」

このまま抱かれるのかと思っただけで、身体が甘く震えてしまう。

「目が潤んで、身体が震えている。薬が効いているんだね？」

彼の問いに、私は必死でうなずく。

……ああ、だから早く私を楽にしてほしい……。

「薬でこんなに身体を熱くした君を抱くことが卑怯《ひきょう》であることは、私にもわかっている」

まるで騎士のように目の前に跪《ひざまず》き、彼は漆黒の瞳で私を見つめる。

「私は君を愛している。もしも嫌なら無理に抱くことはしない。本当は……今すぐにすべてを奪いたいけれど」

彼の苦しげな声が、私の心を痛ませる。

「……あの二人が使ったのは、きっととても強い催淫剤だったのだと思います」

私の唇から、かすれた声が漏れた。

「……もしもあなたが助けに来てくれずにこんな状態になっていたら、私はもしかしたらこの熱に任せてあの男たちの前で脚を開き、二人に抱かれてしまっていたかもしれません」

思ったら、背筋にゾクリと冷たいものが走る。

「……あなたが助けに来てくれてよかった」

私は手を伸ばして目の前にいる彼にすがりつく。その逞しい肩に頬をすり寄せて、

「……愛を分かち合う相手は、あなたしか考えられません」

「彰弘」

低く囁かれた彼の声に深い欲望が含まれている気がして、身体が熱くなる。

「今夜は、今までとは違う。途中でやめてあげることはできないよ」

彼の、どこかが痛むかのような苦しげな声が、私の心を甘く締め上げる。

「……途中でやめられたら、苦しくて死んでしまうかもしれません」

私は彼の肩にすがりつきながら、必死で囁く。

「……責任を取ってください。私にこんな快感を教えてしまったのは、あなたなんですよ？」

「彰弘」

彼が囁き、私の身体をそっと離す。そして顔を真っ直ぐに覗き込む。

「今夜こそ、君を私のものにする。……いいね？」

「……久世さん……」

「柾貴《まさたか》、だ」

彼が私を見つめながら、甘い声で囁く。

「ベッドの上ではきちんと名前で呼びなさい」

「……まさ、たか……」

「いい子だ。私に抱いて欲しいか、彰弘？」

その言葉に、全身に震えが走る。

「抱いてください、柾貴……あっ！」

私の言葉が終わらないうちに、彼の手が私の身体をベッドに押し倒した。

「……ああっ！」

シャツが性急にめくり上げられ、露わになった乳首に、彼がキスをしてくる。

「……あ、ああっ！」

舌先で転がすようにされ、もう片方の乳首を指先で摘み上げられて、全身に震えが走る。

「……ダメ……イク……っ！」

「いいよ。我慢できないだろう。一回イカせてあげようか」

彼が囁き、前立てのボタンが引きちぎられた私のスラックスのファスナーを、ゆっくりと下ろす。

……あの男に引き下げられそうになった時には、あんなに怖かったのに……。

私は、思わず喘いでしまいながら思う。

……今は、こんなに待ち遠しい……。

彼の手が、私の下着とスラックスをまとめて摑む。そのまま一気に引き下ろされて、私は思わず声を上げる。

「……ああっ！」

私の反り返った屹立が、プルン、と空気の中に弾け出る。

彼が私の脚を持ち上げて、靴下も取り去ってしまう。

「……あ……っ」

まくり上げられたシャツ一枚、下半身を露わにした格好は、とても恥ずかしくて……。

「イキたい？　イキたかったら、きちんとおねだりをしなさい」

彼が囁いて、私の乳首をそっと舐め上げる。

「……あっ……イキたい……っ」

先をうながすように、彼が乳首をチュクッと吸い上げる。

「……柾貴、イカせて……っ」

「いい子だ。上手におねだりができたから一回イカせてあげるよ」

彼が囁いて、身体を下のほうにずらす。そして……。

「……あっ、そんな……っ！」

彼が、私のどうしようもなく震える屹立に顔を近づける。

「……ああっ！」

私の屹立が、たっぷりと濡れたものに包まれる。その蕩けそうな快感に、私は思わず声を上げる。

彼は私を深くくわえ込み、あたたかな舌で先端をゆっくりと舐め上げている。

「……あ、あっ、やめ……っ！」

思わず逃げようとする私の腰を、彼の左手がしっかりと抱き締めてホールドする。

そして右手で私の屹立の根元をしっかりと握り、ゆっくりと扱き上げながら私の先端を舌でヌルヌルと愛撫する。

「……ひ、ああっ！」

私は手を伸ばして彼の髪に指を埋める。やめさせようとしたはずなのに、彼が自分の両脚の間に顔を埋めていることをさらにリアルに思い知ってしまい……そのまま抵抗ができなくなる。

「……あっ、あっ！」

大きく開かされた腿。私はその間に男の身体を挟み込んでしまっている。さらに彼の口で、あんなところを愛撫されていると思ったら……。

「……もう、やめ……っ！」

私の唇から切羽詰まった声が漏れた。必死で彼の髪に指を絡ませるけれど、抵抗したことを責めるように先端をチュッと吸い上げられて、目の前が快感に白くなる。

「……あっ　すご……んんーっ」

私は知らずに腰を揺らし、その拍子に、屹立を彼の口腔に深く押し込んでしまった。

「あっ」

自分がとんでもなく恥ずかしいことをしてしまったことに気づき、私は思わず腰を引き、彼を見下ろしてしまう。

彼はいきなり引き抜かれたことに驚いたかのように一瞬顔を上げ、私と目が合うと、胸が痛くなるほどセクシーな顔で笑う。

「男の口に押し込むなんて、なんていやらしいドアマンだろう？　だが……」

彼は強い視線で私を動けなくしたまま言葉を切る。彼の端麗な顔、そして限界まで反り返り、トロトロと蜜をたらす自分の屹立。その対比がとても淫らで……見ているだけで、身体の深い部分から、怖いほどの欲望が湧きあがってくる。

彼は私を見つめたままで屹立を支え、さらに蜜を溢れさせたその先端にキスをする。

「だが……色っぽくて、とても気に入った」

そして一気に私の屹立をその濡れた口腔に沈め、まるでお仕置きをするように深く、浅く私を咥え込んでくる。

「アッ、アッ、アッ！」

彼の口腔はたっぷりと濡れて私を包み込み、したことはないが、まるで本当のセックスをしているかのようで……。

「ン、ンンッ！」

私は我を忘れて、彼の動きにあわせて腰を揺らしてしまう。クチュン、プチュン、という淫らな音を立てて、私の屹立は彼の唇を出入りし……。

「……あ……出る……っ」

私は喘ぎ、欲望を放つために彼の口腔から屹立を引き抜こうとする。彼の手が、許さない、というように私の腰を引き寄せる。

「あああっ！」

そのまま最奥まで含まれ、責めるように、音を立てて強く吸い上げられて……。

「ひっ……ああっ！」

ドクン！　ドクン！　と私の先端から欲望の蜜が迸った。

その瞬間、彼が私の屹立を唇から解放した。

「……ああっ！」

目の前が白くスパークして、欲望を放出すること以外、何も考えられなくなる。

ドクン、ドクン、とさらに蜜が飛び、私の肌を熱く濡らした。

「く、うう……ダメ、止まらな……っ」

続けざまの放出の衝撃に震える私の腰を、彼が両手で抱き寄せる。

彼の唇が、再び私をくわえ込む。

……ああ、こんなふうにされたら……また……。

私は不思議な快感に満たされ、チュウッときつく吸い上げられて我を忘れた。

……もっともっと欲しくなってしまう……。

「……う、く……っ」

私は、今にも気絶しそうな激しい快楽に全身を震わせながら、残りの蜜を溢れさせる。

私の屹立を口腔から解放した彼が、私の顔を覗き込んでくる。

「……柾貴……お願い……」

「何をお願いされているのかわからないよ」

イジワルな囁きに、私の最後の理性が弾け飛ぶ。

私は彼を見上げ、必死で懇願してしまう。

「……あなたが欲しい……」

彼は一瞬どこかが痛んだかのような苦しげな顔をする。それから、

「私はもうタガが外れそうだ。君を壊してしまうかもしれない」

「……いい……壊して……」

私は囁きながら、彼の身体にすがりつく。

「……どうなってもいい。あなたが欲しいんだ……」

「悪い子だ。どうなっても知らないよ」

彼は囁いて、私の身体に散った欲望の蜜を手のひらでゆっくりとすくい上げる。

「……あっ！」

彼の指先が尖ってしまった乳首に触れ、私の身体が跳ね上がる。

「本当に感じやすい子だ。全身が性感帯のようだ。……ここはどうかな？」

彼が囁きながら、両脚の間のスリットに指を滑り込ませる。

「……アッ！」

私が放った蜜で濡れた指が、スリットをヌルヌルと往復する。

「……アッ……アッ……！」

くすぐったいような快感に、私は身体を反り返らせて喘いでしまう。

彼の指が、奥深くに隠された蕾《つぼみ》を見つけ出す。

「……ああっ！」

たっぷりと濡れた彼の指先が、ヌルッと蕾に滑り込んでくる。

「すごい。もうこんなに蕩けている」

彼が私の蕾に指を差し入れながら囁いてくる。

「……んん、んんーっ！」

「しかもこんなに締め付けて。悪い子だ」

指をキュッと曲げられて、私の身体に信じられないような快感が走った。

「……ああ、そこ、いやだ……っ！」

湧き上る射精感に、私は思わず叫んでしまう。

「いや？　本当にいやならやめるけれど？」

囁きながらキュッキュッと刺激されて、放出したばかりの屹立がまた勃ち上がってくる。

「……あ……いや……じゃない……っ」

私の唇から、かすれた声が漏れた。

「いい子だ」

彼が囁いて、さらにもう一本の指を差し込んでくる。

「……あ、すご……っ」

押し広げられ、内壁の感じやすい部分を刺激されて、快感に目がくらみそうだ。

「……入れたい」

彼の囁きが切羽詰まって聞こえて、鼓動がますます速くなる。

「君が欲しい」

「入れて」

私の唇から、懇願するような声が漏れる。

「あなたを、入れてくださ……あっ！」

いい終わらないうちに私の両脚が持ち上げられる。そしてトロトロに蕩けた蕾に、熱いものがグッと押し当てられて……。

「アアッ！」

そのままググッと腰を進められて、私は彼の肩にすがりつく。

「痛い？」

彼の心配そうな声に、私は必死でかぶりを振る。

「……痛くない。やめないで……」

「いい子だ。愛している、彰弘」

彼が私の腰を引き寄せ、そのままグッと深い場所まで押し入ってくる。

「……ああっ！」

内壁をギリギリまで押し広げる、とても逞しい彼の屹立。その熱さが、私の欲望をさらにかきたててしまう。

「……柾貴……！」

「……彰弘……！」

彼が私を抱き締め、グッと強く抽挿《ちゅうそう》してくる。

「……ああっ！」

「とてもきつい。壊してしまいそうだ」

「……壊してもいい、もっと強く……っ」

私の唇から、こらえきれない本当の気持ちが漏れた。

「……もっと、激しく、して……！」

「なんて欲張りなんだろう？」

彼が囁いて、私の耳たぶをキュッと甘噛みする。

「そんなことを言ってしまって、後悔しない？」

確かめるようにグッと腰を動かされて、私は身体をのけぞらせて喘ぐ。

「……後悔なんか、しない……っ」

身体の奥で感じているのは、焼けた鉄の棒のように熱くて硬い彼の欲望。内壁をギリギリまで押し広げてきつく満たすその逞しさを感じるだけで、全身がトロトロに蕩けそうだ。

「……あなたが、欲しいんだよ……っ」

私の内壁が、その言葉を証明するかのようにキュウッと激しく収縮して彼を締め上げる。

「……っ」

彼が私の耳元で小さく息を呑む。苦笑交じりに息を吐き出して、

「なんていやらしい子だ。初めてなのに、こんなに私を感じさせるなんて」

その言葉を聞いて、私の胸の中に喜びが湧き上ってくる。

「……感じる？　私の身体など、退屈ではない？」

私が囁くと、彼は驚いたように目を見開いて私の顔を見つめてくる。

「どこをどう考えたら、そんな誤解ができるんだ？」

「……だって、私は誰かとするのはこれが初めてだし……」

あまりにも熱心に見つめられ、羞恥に頬が熱くなるのを感じながら私は言う。

「……セックスのことなど、何も知らないから……」

「君は、本当に可愛いな」

彼が囁いて、私の唇にそっとキスをする。

「愛おしくて、愛おしくて、おかしくなりそうだ」

彼は身を起こし、私の両脚を高く持ち上げて自分の肩に載せさせる。

「……あ……っ」

「綺麗だ、彰弘」

反り返って蜜をたらす屹立が、彼の熱い視線の中にさらされている。繋《つな》がった秘部まで見えてしまいそうなその格好。あまりの恥ずかしさに逃げてしまいたいけれど、私はそれをこらえるために指先でキュッとシーツを摑む。

「いい子だ。そのまま力を抜いていて」

彼は囁き、私の両方の腿をそれぞれの手で抱える。そのままグッと強く引き寄せて……。

「ああーっ！」

その拍子、とても深い場所まで彼が一気に押し入ってくる。

「……あっ……あっ……あっ！」

そのまま腰が浮き上がるほど強く抽挿されて、私はもう激しく喘ぐことしかできない。

「……ああ、柾貴……柾貴……っ！」

快楽の涙で、視界が曇る。

「……アア、アアッ……！」

私たちを照らし出す月の光。

彼の動きにあわせて、ベッドが嵐の中の船のように揺れる。

私の胸を満たすのは、とてもセクシーな彼の香り。

二人の呼吸が、どんどん速くなる。

「愛している、彰弘」

彼が囁いて、蜜を振りこぼす私の屹立を手のひらに握りこむ。

「ああ、柾貴……愛してる……！」

ひときわ強く突き上げられ、同時に屹立を扱き上げられて……私の目の前が真っ白にスパークする。

「……あぁーっ！」

私の先端から、ビュクッ、ビュクッ！　と激しく蜜が迸る。

「……う、くうう……ん……っ！」

私は快楽に震えながら、彼の屹立をキュウッと締め上げてしまう。

「愛している、彰弘……！」

彼が囁いて私を抱き締め、そして私の奥深い場所に、ドクン、ドクン！　と激しく蜜を撃ち込んでくれる。

「……ああ……っ」

私は彼にすがりつき、胸をあえがせながら内壁で彼のたっぷりとした熱さを感じていた。

「……彰弘……」

彼が荒い呼吸の下で囁いてくる。

「……まだ許しあげられそうにない」

彼の屹立は、まだ硬いままで、私をしっかりと満たしている。

「朝までこのまま奪いたい」

囁いて、私の蕾をグッと突き上げてくる。

「……ああーっ！」

内壁に熱い蜜を摺《す》り込まれるようなその動きに、私の身体が跳ね上がってしまう。

「……いい？」

彼の甘い囁きに、私は深くうなずいた。

「……私も、まだ満たされません」

私は彼にすがりつきながら囁く。

「気絶するまで、奪われたい」

「いい子だ」

彼が囁いて、私をしっかりと抱き締める。

そして私は朝まで抱かれ……心からの幸せを感じることができたんだ。

＊

彼は帝都ホテルをあのままの姿で、しかしさらに素晴らしいホテルにすると約束してくれて、本社での仕事に戻った。

私は寮の部屋を引き払い、丸の内にある彼の豪華なマンションの部屋に同棲し、そこからホテルに通っている。

……彼の部屋からは帝都ホテルがよく見えて、そこで抱かれるのはかなり恥ずかしいのだけれど。

そして二週間後。帝都ホテルに、元気な姿の元支配人の筒井さんと、娘さん夫婦が顔を見せた。

どうやら前から腰を痛めていたらしい元支配人はこの機会に手術を受けていたらしい。

「みんなに心配をかけたくなくて娘夫婦にも口止めをしたんだよ。『すぐに手術をしたほうがいい』と医者に言われて久世君にも我儘《わがまま》を言ってしまった。すまなかったねえ」

という彼の言葉に、やはり心配していたほかのメンバーもホッとした様子だった。

私は、一瞬でも久世が悪い人間ではないかと疑ってしまった自分を恥じている。

そして。仕事の交替後、私は、二人の逢引場所にもなった、リネン室に久世を呼ぶ。

「あの時、一瞬でも疑ったりしてしまって、ごめんなさい」

「わかってくれればいい。それよりも……」

彼は私を引き寄せて、囁いてくれる。

「ドアマンの制服の君は、とても色っぽいんだ。やたらに可愛い顔までするのはやめたほうがいい」

彼は私に熱烈なキスをしながら言う。

「抱きたくて、止まらなくなる」

いけないと思うのに、私の身体も熱くなる。

「……あ、柾貴……」

私の恋人は、イジワルで、ハンサムで、そして本当にセクシーなんだ。

HONEYMOON

相模彰弘

「この私がどうしてこんなところに住んでいるのか……未だに謎だよなあ……」

ペントハウス専用のエレベーターを降りた私は、一人で呟いてため息をつく。

ここは、東京の一等地、丸の内に聳《そび》え立つ超高級マンション。広々としたエレベーターホールに立ちながら、私は今夜もこんなに緊張してしまう。

ホールを歩き抜け、唯一ある大きな両開きのドアの前に立つ。フロアに一つしかドアがないというのは、このフロア全体が彼の私室だということを意味する。マンション全体が彼の持ち物だから、最上階のフロアを占領するのは特権かもしれないんだけど。

……まったく、とんでもない金持ちだよなあ。

思いながら革のデイパックを肩から下ろし、そこから出した合鍵を鍵穴に入れる。ロックが解除されるカチリという音に、さらに緊張が高まる。

……この部屋に住み始めてから、二カ月。そろそろ慣れてもいいんじゃないのか？

ドアを開くと、そこは広々とした玄関。いつものように真っ暗ではなく、洒落た間接照明の明かりが灯り、大理石の床を艶やかに照らし出している。

……彼、帰ってるんだ。

彼が所有するこの豪奢な部屋は、まるでホテルルームのような造りをしている。部屋の中まで靴のままで入るので、たたきに靴が置かれていることはない。玄関と廊下の明かりが灯っているのは、先に帰ってきているという合図なんだ。

玄関に入った私は、ただいま、と言おうとし……今夜も言えずに、一人で赤くなる。

……だって、そんなことを言ったら、いかにも同棲してるって感じで……。

背後で、パタン、とドアの閉まる音。彼の部屋はとても広く、廊下はとても長い。だからリビングか書斎にいるであろう彼には、その音は聞こえないだろうと思ったんだけど……。

カチャ。

リビングのドアが開いて廊下に明るい光が差し、背の高い男が姿を現す。

漆黒の髪、黒曜石のような瞳、彫刻のように端麗な顔立ち。まだ会社から帰ったばかりらしく、逞しい身体を仕立てのよさそうなダークスーツに包んだまま。だけど外にいる時と違い、趣味のいいネクタイを少しだけ緩めている。いつも完璧に凛々しい彼のそんな姿は……なんだかすごくセクシーだ。

彼の名前は久世柾貴。大富豪・久世一族の現当主で、世界に名だたる久世グループの総帥。私が勤める帝都ホテルのオーナーでもある。私みたいな一介のドアマンが、彼みたいなすごい人の恋人になれたなんて、今でもまだ信じられない。

「お帰り、彰弘」

低い美声で言って、彼はその端麗な顔に優しい笑みを浮かべる。それを見るだけで鼓動が壊れそうに速くなって、私はまたどうしていいのか解らなくなる。

立ちすくむ私に、彼がゆっくりと歩み寄ってくる。彼の手が上がり、私の顎を指先で持ち上げる。

「君はお客さんではなく、ここで私と同棲している。……『ただいま』は？」

「でも私は、家賃を払っていないいんですよ？」

思わず言うと、彼は驚いたようにチラリと眉を上げる。

「家賃？」

「そうです。あなたは大富豪で、ホテルのオーナー。そして私は一介のドアマン。経済力にめちゃくちゃ差があるのは解ってます。……だけど、私たちは恋人同士なんですよね？」

「今さら何を言うんだ？　もちろん恋人同士だ。今さら離す気はないよ？」

「それなら……」

私は彼の顔を見上げて、ずっと思っていたことを言う。

「少しだけでも、家賃を払わせてもらっていいですか？」

彼は私の顎から手を離して身をかがめ、私の手からそっとデイパックを取り上げる。もう片方の手で肩を抱き寄せられて、さらに鼓動が速くなる。

「家賃か。なんだか他人行儀な響きだな」

言った彼の声が少し寂しげに聞こえて、私の胸を微かに痛ませる。

「いえ、他人行儀とか、そういうことではなく……」

「ああ……まずはリビングに行って座ろう。一日中立ちっぱなしで疲れているだろう？」

彼は言って、私の肩を抱いたままで廊下を歩きだす。

……たしかに、足はクタクタなんだよね。

いつもながらの彼の配慮に気づいて、頬が熱くなる。

その完璧な美貌と大人の男らしく抑制された言動のせいで、彼は少し怖いくらいクールに見える。最初に会った時には私もそう思い、畏怖と反感を抱いた。でも本当の彼はこんなふうにとても優しく、細やかな配慮をしてくれる人なんだ。

……こうやって包み込まれていると、何もかも忘れて甘えてしまいそうだ。

私は、鼻腔をくすぐる彼の芳しい香りにさらに頬を熱くしながら思う。

……たとえば女性だったらそれもいいかもしれないけれど、私は男で。彼と結婚したり子供を作ってあげたりできない分、なんとか彼の役に立ちたくて……。

廊下を抜け、ドアを入る。その向こうにはパーティーが開けそうなほど広い、豪奢な部屋が広がっている。正面の壁は一面のガラス張りになっていて、そこからは丸の内のオフィス街と、そして煌めく銀座の明かりがとても綺麗に見渡せる。彼は私をリードしてソファに座らせてくれながら、

「リムジンの運転手から、君をそろそろ送り届けるといって電話があった。だからコンシェルジェにコーヒーを頼んでおいたんだが……冷たいものの方がいい？」

「いえ、コーヒーで。あの、私が……やりますから」

「君は疲れているだろう？　座っていなさい」

立とうとする私を制して、彼はリビングを歩き抜ける。一段高くなった場所、カウンターの向こうにはプロの厨房並みに設備の整ったキッチンがある。彼はそこに立ち、大理石のカウンターの上にカップを二つ並べる。帝都ホテルに備え付けられているのと同じ、保温性の高いシルバーのポットから、カップにコーヒーを注ぐ。ひんやりとした空気の中に、ふわりとした湯気と、濃厚なコーヒーの香りが広がる。

ホテル並みの設備とサービスを誇るこのマンションには、フロアごとにコンシェルジェがいる。この部屋にももちろん専任のコンシェルジェがいて、すべての雑事をこなしてくれる。マンションの最上階にラウンジがあって、そこには選任のシェフがいるから、コンシェルジェに注文するだけで、コーヒーや軽食から、かなり本格的な食事までも届けさせることができるんだ。

そういえば、たくさんのホテルを経営する彼がマンション住まいというのを聞いた時には少しだけ驚いた。彼は独身の大富豪だから、優雅にホテル住まいか、じゃなかったら郊外にお屋敷でも持っているのかと思ったから。

……でも、まさかこんなにすごいマンションが存在するなんて。

私は、彼の端麗な姿に見とれながら思う。

専用のプールとジャクジー、エクササイズジム。ロビーフロアには二十四時間営業しているカフェ、最上階には本格的な食事もできるバーラウンジ。さらに屋上はガラス張りのサンルームになっていて、お茶のできる東屋《あずまや》とペット用のドッグ・ランを備えた庭園がある。

マンションというにはあまりに豪華なこの場所は、完璧なサービスを望むけれどホテルの喧騒もわずらわしい、というリッチな住人たちにとても好評らしい。彼は都内だけでなく海外にも同じような超高級マンションをいくつも建てている途中で、そこには完成前から予約が殺到しているらしい。

……要するに彼は豊富なアイディアを持つ優秀な経営者で、とてもリッチで。私が対抗できるとはとても思えないんだけど……。

彼はカップを持って歩いてきて、その一つを差し出す。私はそれを受け取りながら、

「一介のドアマンでしかない私には、きっちり半額を払えるとはとても思えないんですけど……でも、少しでも受け取ってもらえたら、気が楽になります」

彼は私の隣に座り、何かを考えるようにコーヒーを一口飲む。それから、

「恋人である君と同棲するのに、家賃をもらう必要性を感じないんだが？」

「でも、引け目を感じるんです。この間まで１ＤＫの独身寮に住んでいたのに、いきなりこ

んなに豪華な部屋に住ませてもらってるなんて」

言いながら、ホコリ一つなく完璧に清潔に整えられたリビングを見渡す。しかしこの部屋を掃除しているのは私ではない。

「しかも、ここには専任のクリーニングスタッフがいて、仕事に行っている間に掃除はすべて済ませられています。二人とも夕食は外だし……私ができることは、休日の食事を作ったりすることくらいです」

「君はとても器用で、料理が上手だ。それに愛する君が作ってくれたというだけでも、私にとってはどんな一流レストランのシェフが作ってくれるものよりも素晴らしい」

彼の言葉に頬が熱くなる。でも、喜んでいる場合ではなくて……。

「それは嬉しいですけど。でも、毎日ってわけじゃない。お金でなくてもいい。私はあなたに、何かお返しがしたいんです。恋人なら、少しでも対等になりたい」

彼は少し考え、それからふいに何かを思いついたように笑みを浮かべる。

「君がそう言うのなら……実は私には欲しいものがあるんだが？」

彼の言葉に、私は思わず身を乗り出す。

「本当ですか？　大富豪のあなたは、もう何も欲しくないのかと思いました。なんでも言ってください！」

「君はアイディアが豊富だし、サービスに関してとても鋭い意見を持っている。君のおかげで帝都ホテルのサービスはあれから格段に向上したし、集客力もこれからどんどん上がるはずだ。……新しいサービスについて、君の意見がいろいろ聞きたい」

彼のその言葉に、嬉しくて思わず鼓動が早くなる。

「そんなことでいいのなら、いくらでも！」

「それなら、まずは……これに関する意見を聞きたい」

彼は、サイドテーブルに置いてあった箱を持ち上げる。国際郵便のシールがたくさん貼られたそれは、どうやらフランスからの荷物らしい。彼はガムテープをはがし、梱包を解きながら言う。

「本社のほうにサンプルが届いた。フランスの調香師に頼んでおいたアロマオイルだ」

彼が梱包材の中から瓶を取り出す。綺麗なカッティングガラスのその中にはトロリとした金色の液体が入っている。

「まずは、これに関する意見を聞きたいんだが」

「わかりました。あなたがオーダーしたのなら、きっといい香りなんだろうなあ」

私が受け取ろうとして手を伸ばすと、彼はふいに瓶を引く。

「ここではダメだ。バスルームに行こう」

「え？　香りを嗅ぐくらい、ここでも……」

「これはコロンではなくてマッサージオイルだ。全身に使える、ね」

「……え？」

「香りを嗅ぐくらいではリサーチにならない。全身を使って試してもらわないと」

彼は私の手を取って立ち上がらせる。そのまま抱き上げられて、私は驚いてしまう。

「全身って……まさか……？」

「もちろんすべて脱いでもらう。身体中がオイルでヌルヌルになるだろうから、バスルームでないとダメだ」

彼の前で全裸にされ、その美しい手で全身にオイルを塗り込められる自分が目に浮かんで……頬がカアッと熱くなる。

「実験に協力し、私のために意見を聞かせて欲しい。協力してくれるね？」

「わ、わかりました。でもその後でエッチなことまでしようと思っていませんか？」

「もちろん私はそのつもりだ。だが、君が嫌ならそれ以上はしない。……嫌？」

あまりの羞恥に泣きそうだ。だけど、漆黒の瞳に見つめられていると……。

「……嫌……じゃないです……」

「いい子だ」

彼はとてもセクシーに微笑んで、私の唇にそっとキスをする。それだけで蕩けそうになる自分が恥ずかしい。

私の恋人は、ハンサムで、イジワルで、そしてこんなにもセクシーなんだ。

あとがき

こんにちは、水上ルイです！　初めての方に初めまして！　水上の別のお話を読んでくださった方にいつもありがとうございます！

今回の本は、老舗ホテルを舞台にしたお話です。帝都ホテルの特定のモデルは特にないのですが……今はない帝国ホテル旧館みたいな重厚な老舗ホテルがもしもあそこに存在したら？　というイメージで書いてみました（あ、ライトの建築そのまんまのイメージではありません～・笑）。仕事場から行きやすいこともあって、最近銀座～日比谷界隈に遊びに行くことが多いです。もうすぐあの近辺にもう一つ豪華なホテルができる♪　楽しみです♪

奥の深い豪華ホテルの世界、とても楽しんで書かせていただきました！　あなたにもお楽しみいただければ嬉しいです！

それではここで、各種お知らせコーナー！

★個人同人誌サークル『水上ルイ企画室』やってます。

オリジナルＪｕｎｅ小説サークルです。（受かっていれば・汗）東京での夏・冬コミに参加予定。夏と冬には、新刊同人誌を出したいと思っています（希望・笑）。

★水上の情報をゲットしたい方は、公式ＨＰ『水上通信デジタル版』か携帯メルマガにて！

公式HP『水上通信デジタル版』http://www1.odn.ne.jp/ruinet へPCでどうぞ。携帯メールでのメルマガをご希望の方は、携帯から r42572@egg.st 宛てに空メールを送ってください。「購読申し込みが完了しました」の返信がきて、メルマガ配信の登録は完了です。メルマガは不定期でのんびりやってますのでそれでもいいという方はゼヒ！

それではこのへんで、お世話になった方々に感謝の言葉を。

ヤマダサクラコ先生。大変お忙しい中、とても素敵なイラストをどうもありがとうございました！　ハンサムでセクシーな久世、そして雰囲気のある美形の彰弘……本当に素敵に描いていただけて、嬉しかったです！　ご一緒できて光栄でした！　これからもよろしくお願いできれば幸いです！

TARO。猫～。猫が飼いたい～（うわごと）。

編集担当O本さん、そして編集部のみなさま。今回も本当にお世話になりました！　これからもよろしくお願いできれば幸いです！

この本を読んでくれたあなたへ。どうもありがとうございました！

お楽しみいただけていれば嬉しいです！　気に入った！　というあなたは、ご感想&リクエストなどお願いできれば幸いです！

それでは今回はこのへんで。またお会いできる日を楽しみにしています！

二〇〇七年　初秋　　水上ルイ

✦初出　スウィートルームに愛の蜜…………書き下ろし
HONEYMOON ……………………書き下ろし

水上ルイ先生、ヤマダサクラコ先生へのお便り、本作品に関するご意見、ご感想などは
〒151-0051 東京都渋谷区千駄ヶ谷4-9-7
幻冬舎コミックス　ルチル文庫「スウィートルームに愛の蜜」係まで。

幻冬舎ルチル文庫

スウィートルームに愛の蜜

2007年9月20日　第1刷発行

✦著者	水上ルイ　みなかみ るい
✦発行人	伊藤嘉彦
✦発行元	株式会社 幻冬舎コミックス 〒151-0051 東京都渋谷区千駄ヶ谷4-9-7 電話 03(5411)6431[編集]
✦発売元	株式会社 幻冬舎 〒151-0051 東京都渋谷区千駄ヶ谷4-9-7 電話 03(5411)6222[営業] 振替 00120-8-767643
✦印刷・製本所	中央精版印刷株式会社

✦検印廃止

ISBN978-4-344-81106-5　C0193　Printed in Japan

「幻冬舎ルチル文庫」

大好評発売中

「70%の幸福」

桜木知沙子

イラスト▼麻々原絵里依

理学療法士の日垣航星がリハビリを担当している創の父親・御木本隆一郎は、初対面から航星に冷たい態度を取る。最初は反感を覚えていた航星だったが、隆一郎が不器用なだけで本当は子どもを愛する優しい人と知り、やがて気になる存在に。御木本もまた、航星と親しく接するようになる。やがて御木本への想いに気づいた航星は、遠ざかろうとするが……。

580円（本体価格552円）

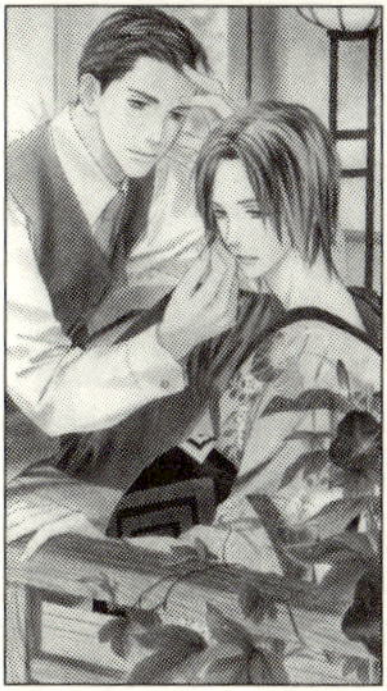

「群青に仇花の咲く」

神奈木 智

イラスト▼穂波ゆきね

佳雨は、色街の大見世「翠雨楼」の売れっ子男花魁。粋な遊び人である老舗の骨董屋の若旦那・百目堂久哉が佳雨の馴染み客になって半年が経つ。誰にも恋をしたことがない佳雨だったが、実は久哉に恋をしている。ある日、花魁の心中事件を調べている久哉を手伝っていた佳雨が襲われ!? はたして二人の恋の行方は……。

560円（本体価格533円）

発行● 幻冬舎コミックス　発売● 幻冬舎

#「幻冬舎ルチル文庫」

大好評発売中

［ピンクソーダの片想い］

松前侑里

イラスト▼亀井高秀

元恋人の結婚式を邪魔しようとした浅川玲は、途中で知り合った中学教師・千葉和彦を新しい恋人だと紹介しただけだった。そんな玲に和彦は恋人として付き合わないかと提案。好きになるのは恋人として付き合ってから考えればいいという和彦と玲は同居することに。やがて本当に千葉に惹かれはじめた玲だったが、和彦には忘れられない人がいて……!?

５４０円（本体価格５１４円）

［優しい鎖］

黒崎あつし

イラスト▼街子マドカ

誘拐事件をきっかけに、主人と番犬という関係から恋人同士となったふたり。だが、ベッド以外では主従関係を崩さない信矢の態度に明生は少々不満気味。そんな明生の前に、７年前に父・光樹と信矢の叔父・真中が亡くなった爆発事故を調べているというライター・古屋が現れる。真中の死の真相を知った明生は、そのことで信矢が自分から離れていくのではと不安になるが!?

５６０円（本体価格５３３円）

発行●幻冬舎コミックス　発売●幻冬舎